MATEO CONCESO

당신이 두 권의 수첩에 써 놓은 글들을 읽었습니다. 그것들은 어린 시절의 기억들을 생생하게 떠올립니다. 말로는 못다 할 인생 그 자체였을 테죠. 가장 중요한 어떤 수첩의 글은 당신이 어릴 때 사용하던 폴란드어로 쓰여 있었습니다. 나는 읽을 수가 없어요.

당신은 세상을 바라보는 어린 요안나의 눈과 침묵의 언어를 내가 이해할 수 있는 말로 옮겨 주었고, 잠들어 있던 나의 삶은 다시 움직이기 시작했습니다. 이 모든 그림들, 기쁨의 원천, 길을 비추는 빛이 강 건너까지 이어집니다. 나와 당신에게.

rafael

아무에게도
말하지
마

요안나 콘세이요

라파엘 콘세이요

외투는 끔찍했다. 그렇다. 달리 표현할 말이 없다.

재단사가 내 몸 치수에 맞게 줄여 주기로 한 외투. 나는 도대체 엄마가 어디서 그 커다란 외투를 찾아낸 건지 도저히 알 수 없었다.

엄마와 재단사는 나를 내려다보며 서 있었다. 재단사가 내게 외투를 입혀 보았다. 엄마는 칭찬을 늘어놓았다. "입으니까 더 예쁘네." "천도 거의 새것 같아." "이거 입으면 따뜻하겠다." "얼굴에 완전 잘 받아." "안감 새로 넣은 게 색깔이 딱 맞네." "정말 우리 동네에서 옷 만드는 걸로는 선생님이 최고예요!"

재단사는 웅얼거리기만 했다. 입술에 핀을 물고 있어서 말을 할 수도 없었다. 나는 고통스러웠다. 고통스러웠다는 말이 가장 적절하다.

이 악몽 같은 외투를 겨울 내내 입어야 한다면, 만약 내년 겨울에도 입어야 한다면. 나는 결심했다. 털실로 예쁜 두건이라도 짜겠다고. 보라색이랑 분홍색, 흰색으로! 비스듬히 기울어지는 모양으로!

Joanna

어느 저녁, 어머니가 나를 부르던 기억. 있는지도 몰랐던 바지들을 입어 보는 것으로 시작되는 탈의의 시간. 어머니는 늘 나와 형제들이 티브이 영화에 빠져 있을 때 나를 불렀고, 나는 마지못해 협조했다. 바지를 입고 나서는, 철제 티 테이블에 올라가 가만히 서 있어야 한다. 그러면 어머니는 여기저기 핀을 꽂아 치수를 잰 다음, 그만 벗어도 좋다고, 찔리지 않게 조심하라고 말했다. 영화의 다음 장면을 놓치지 않으려고 서둘러 벗는 바람에 매번 보지 못한 핀들이 남아 있었다. 잠옷으로 갈아입고 안심하는 순간에 어머니가 다시 부른다. "기다려! 아직 안 끝났어!" 그럼 다시 옷을 벗고 다른 바지를 입고 핀을 꽂고 치수를 재고… 상황은 반복된다. 영화를 보려고 고개를 돌리기라도 하면 어머니의 잔소리가, 아버지의 명령이 돌아왔다. "가만있어라. 다 끝났어!" 그리고 다시, "핀 조심해!" 나는 뭘 해야 할지 몰랐다. 그래서 아무 말도 하지 않고 기다렸다. 그렇게 몇 분이 흘렀다. 이 침묵도 나에게 맞지 않기는 마찬가지였다.

rafael

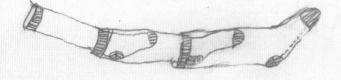

나는 매주 일요일마다 폴란드 국영방송의 희망곡 콘서트를 열심히 보았다. 희망곡 신청에 곁들인 사연, 그 사연 속 사람들을 상상했다. 남편이 아이와 함께 사랑하는 아내를 위해 보낸 신청곡과 사연, 금혼식과 은혼식을 축하하는 부부, 여든 살 생일을 맞은 할아버지에게 보내는 손주와 증손주들의 건강 기원 생일 축하….

엄마가 가장 좋아하는 가수는 훌리오 이글레시아스였다. 아는 노래의 첫 소절이 나오자마자, 엄마는 부엌에서 잰걸음으로 달려와 거실 문지방에 서서 노래를 들었다…. 눈은 저 멀리 모든 걸 넘어서 어딘가를 보고 있었다. 엄마가 그때 무엇을 보고 있었는지 알 수 있었으면. 모든 것을 넘어, 멀리 어딘가를 보는. 엄마는 그런 눈을 하고 있었다.

마음이 아팠을까? 뭔가 후회하고 있었을까? 다른 누군가를 생각하고 있었을까… 어쩌면 네 아이와 남편이 있는 생활, 일, 요리, 빨래, 다림질, 닭들과 다른 가축들… 이 모든 게 달랐을지도 모른다고 생각했을까?

엄마는 노래를 들으며 한숨을 쉬었다. 발끝을 들고 선 채였다. 감자 껍질을 벗기다 말고, 엄마는 그렇게 첫 번째와 두 번째 감자 사이에 떠 있었다. 가끔은 칼을 든 채로 문지방에 서 있을 때도 있었다. 엄마는 그때 젊은 여자였다. 그러나 손은 노인이었다.

joanna

그 시절 우리에겐 전화기가 없었다. 유일하게 소식을 전하는 가족은 할머니였는데, 할머니는 성탄절 선물 상자나 연하장을 보내왔다. 사촌들하고는 2~3년에 한 번씩 여름방학에만 만났다. 집에 돌아오면, 이 만남이 실제 있었던 일임을 말해 주는 몇 장의 사진들이 남았다. 여전히 그곳에 있는 것처럼 느껴지게 하는….

아버지는 일어나자마자 라디오를 틀었다. 라디오는 7년 동안 아버지의 일터였던 프랑크푸르트에서 가져온 것이다. 독일은 앞서 있는 나라고 사람들도 친절했다고, 아버지는 늘 말했다. 주말이면 아버지를 혼자 두지 않고 늘 초대했다고. 아버지는 가끔 우리에게 독일어로 말을 걸었고, 나는 알아들을 수 없는 언어에 매료되고는 했다. 빨강과 주황, 베이지색으로 마감된 라디오는 우리 집의 가장 귀한 물건이었다. 신발로 꽉 찬 3단 선반과 2개의 서랍을 갖춘, 우리 집 거실의 하나뿐인 가구 위에 놓여 있었으니까.

아버지는 우리에게 조용히 하라고 주의를 준 다음, 스페인 라디오 방송을 켜고 뉴스를 들었다. 이 시간은 엄숙한 종교의식 같았다. 나는 프랑코가 누군지 몰랐지만, 아버지를 보면 뭔가 큰일이 일어날 것만 같았다. 뭐였을까?

그 목소리를 듣고 있으면, 그게 어머니의 고향인지 아버지의 고향인지 어찌됐든, 내가 어디에 있든 거기가 스페인 같았다. 강과 산, 심지어 한여름 태양의 뜨거운 열기, 수박, 하몬 세라노♦, 초리조♦의 맛도 떠올랐다. 뉴스가 끝나면, 나는 다른 외국 방송으로 채널을 돌렸다. 전 세계의 말을 듣는 것은 굉장한 일이었다. 여행이 하고 싶어졌고, 가 보고 싶은 곳이 천지였다!

여기 사는 다른 스페인 사람들은 라디오를 듣지 않았고, 프랑스어와 스페인어를 섞어 말하거나 자기들이 지어낸 조어를 드문드문 섞어 말했다. 그들은 타지에서 온 걸 부끄럽게 여기는 듯 작은 목소리로 말했다. 그리고 곧 모국어를 잊어버리기 시작했다.

rafael

♦ 하몬 세라노　돼지의 뒷다리 중 넓적다리 부분을 통째로 잘라 염장한 스페인의 대표적인 햄.
♦ 초리조　　　돼지고기와 비계, 마늘, 빨간 파프리카 가루를 사용하여 만든 스페인식 소시지.

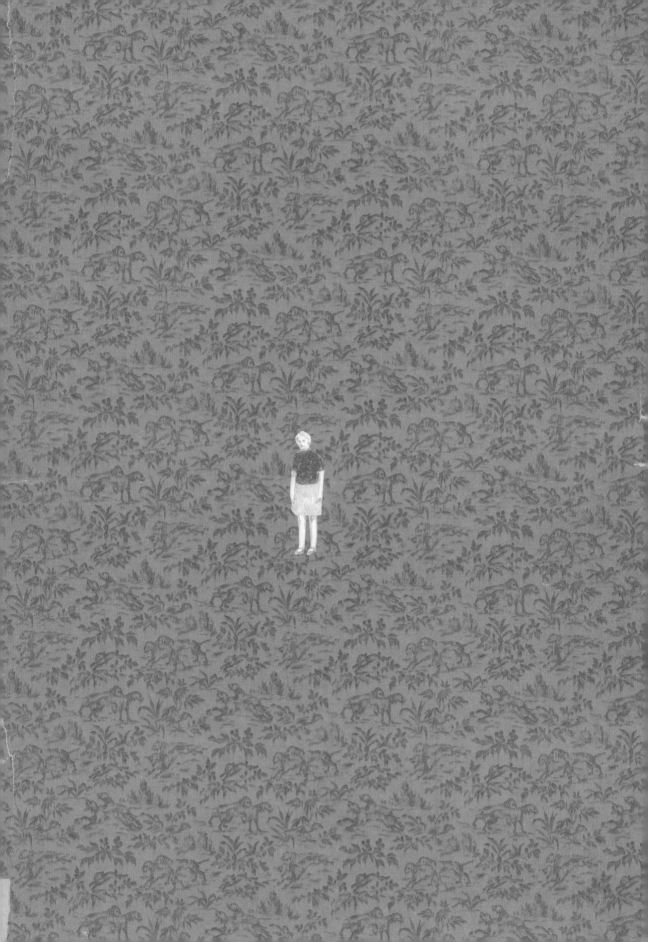

me olvidé de vivír , me olvidé de vivír ...

ESPAÑA 82

ROBERTO
LOPEZ UFARTE
ESPAÑA

PRODUCIDO EN ESPAÑA · GERMAN SANCHO Y CIA S.A. · ALMENARA (ESPAÑA) · LA SOCUENTE · R.E. 24519

RADIOREoj

아빠는 물고기를 잡으러 다녔다. 아빠가 물고기를 진짜 잡았는지, 어부들과 술을 마시다 그들이 잡은 물고기를 사 오곤 했던 건지는 모르겠다.

집에 돌아오면, 아빠는 어떤 상태로 집에 왔는지에 따라 양동이를 부엌에 놓고 밖에 나가서 담배를 피우거나 벽난로 옆으로 가기도 했고 뭘 먹거나 바로 자려고 눕곤 했다.

아빠는 말을 덧붙일 필요가 없었다. 나는 이미 물고기 처리가 내 일인 걸 알고 있었다. 나 말고 누가 하겠는가?

나는 양동이 안의 물고기를 바라보았다. 아직 살아 있었다. 죽여야만 했다. 대가리를 자르고, 옆구리를 갈라 속에 있는 것을 모두 꺼내고, 칼로 비늘을 긁어내야 했다. 작은 물고기는 대가리를 자를 필요가 없었다. 그냥 속에 있는 것만 꺼내면 되었다.

엄마가 어떻게 하면 되는지 가르쳐 주었다. 나는 곧, 빠르고 익숙한 솜씨로 물고기를 손질할 수 있게 되었다. 토할 것 같았다. 정말 싫었지만 뭐라고 반항할 생각은 하지도 못했다.

온몸에 얼룩이 진 것 같은 더러운 기분. 물고기를 죽이고 속을 파내고 나쁜 사람이 된 것 같았다. 나한테서 나는 냄새도 고약했다. 나는 내가 꺼낸 것을 바라보았다. 홀린 것처럼 매혹되어서. 물고기의 폐에서 눈을 떼지 못했다. 반투명하고, 섬세하고, 아직도 공기로 차 있었다. 삶으로. 작업이 끝날 때쯤엔 이런 공기 주머니들이 양동이 가득 찼다.

마치 비눗방울 같았다. 어떤 비밀, 약속, 동화. 나는 물고기 폐를 집어 들고 살짝 쥐어 보았다. 아주 살짝만. 터뜨리고 싶지는 않았다. 마치 폐가 이대로 있는 동안에는 내가 물고기를 죽인 게 아닌 것처럼. 아직도 살아 있는 것처럼. 나를 용서해 줄 것처럼.

그 나머지는 닭들에게 줘야 했다. 닭들의 부리 속으로 모든 것이 사라졌다. 그게 끝이었다.

엄마는 저녁으로 물고기를 튀겼다. 가끔은 내가 튀길 때도 있었다. 하지만 나는 한 번도 먹지 않았다.

joanna

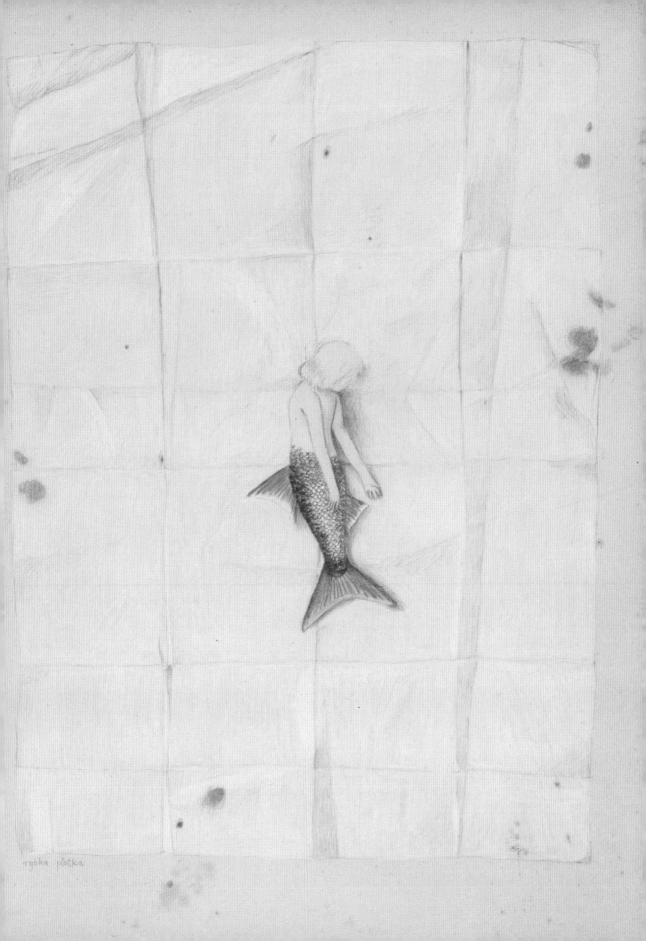

rybka płotka

어머니가 식사 준비를 한다. 상자를 열어 비닐을 뜯은 다음, 안에 있는 죽은 동물을 꺼낸다. 가죽을 벗긴 토끼. 자석처럼 시선을 끌어당기는 검은 눈, 빨간 몸, 두 개의 이빨. 쥐일지도 몰라. 깨물 수도 있다고. 근데 왠지 만져 보고 싶어. 눈과 이빨, 몸통에 손가락을 대어 본다. 이 잔혹한 짓에 혐오감이 밀려온다. 어머니는 건드리지 말고 나가서 얌전히 있으라고 한다. "남자애들은 부엌에 있을 필요 없어." 하지만 나는 어떤 일이 벌어질지 알기 전까지는 나가기 싫었다. 부러지는 뼈 소리. 어머니는 칼을 들고 저 토끼 사체를 먹을 수 있는 양식으로 바꾸고 있다. 갑자기 커다란 귀를 가진 토끼가 내 앞에 나타난다. 토끼에게 소리치고 싶다. 도망쳐! 하지만 나는 한마디도 입 밖으로 내뱉지 못한다. 나는 알고 있다. 사실대로 말하면 사람들은 나를 비웃고, 그런 인정을 쓸 여유 따위는 없으며 그저 든든히 배나 채워 두라고 충고할 것이다. 괜히 용감한 척해 보지만 기분은 점점 좋지 않다. 기절할 것 같지만 마음을 다잡는다. 슬프지만 티는 내지 않는다. 아무렇지도 않은 척. 그러나 내달리는 토끼처럼 심장이 마구 뛴다. 아무것도 할 수가 없다. 시골 어느 진흙 밭 한가운데 서 있는 것 같다. 거뭇한 흙, 축축한 공기, 안개, 멀리 숲이 보이고 아무 소리도 들리지 않는다. 가죽을 벗긴 토끼처럼 나 역시 이 적막 속에 발가벗겨져 있다. 어머니는 방에 가서 놀고 있으라며 나를 부엌에서 내보낸다. 내가 나가자마자 부엌문을 닫아건다. 내 방문을 열기까지 몇 초의 순간, 나는 어둠 속에 있다. 창문으로 가 거리와 구름을 바라본다. 잔뜩 허무한 감정이 든다. 빛은 사라졌고 이제 되살아날 수 없을 것이다.

Rafael

SPOTKANIE NA POLANIE

POLSKA — FRANCJA
3 : 2

1982년의 뜨거운 6월. 밭딸기는 기록적인 속도로 익어 가고 폴란드 축구 대표팀은 스페인에서 월드컵을 치르고 있었다. 티브이에서는 모든 경기를 생중계했다.

딸기는 이틀에 한 번 수확했다. 딸기는 많았다. 사람들이 훔쳐 가기 때문에 잘 지켜야 했다. 아빠는 밭에 나무로 된 원두막을 지었다. 비와 햇빛을 피할 용도였다. 거기 빈 딸기 상자도 쌓아 놓았다. 안에는 긴 의자가 있어서 하루 종일 딸기밭을 지키게 되면 가끔 눕곤 했다. 책을 읽거나 생각을 하거나 공상에 빠지거나 가끔은 졸기도 했다.

나는 열한 살이었다. 딸기밭을 지키는 데에는 큰 도움이 되지 않았다. 내가 있거나 말거나 사람들은 와서 딸기를 따 갔다. 내가 뭐라고 말하든 상관하지 않았다. "그러지 마세요! 이건 우리 집 딸기예요…." 그냥 따 가면 그만이었다!

당시만 해도 드물던 오토바이를 타고 와서 맙소사, 딸기밭까지 쳐들어와 서리를 하기도 했다. 나는 도움을 청하러 삼촌에게 뛰어갔다. 삼촌은 쇠스랑을 들고, 우리는 감자밭을 가로질러 뛴다. 삼촌이 저만치 딸기밭을 앞두고 소리를 질렀다. "밭에서 썩 물러나! 나쁜 놈들아!" 그러면서 쇠스랑을 휘둘렀다. 효력이 있었다! 사람들은 얼른 오토바이를 타고 도망쳤다. 잡을 수는 없었다….

생각하면, 쇠스랑을 전혀 쓰지 못한 것이 좀 아쉬웠다… 결국 도망쳐 버렸는데… 이렇게 별 소득 없이 모두 끝나고 말았다. 한번은 폭풍우가 치는 날에도 도둑들이 왔는데, 딸기를 거의 다 따 갔다.

뜨거운 날씨는 계속되고, 폴란드 대표팀은 월드컵에서 3위를 놓고 겨루고 있었다.

아빠는 티브이에서 1미터쯤 떨어진 소파에 앉아 있었다. 더워서 러닝셔츠만 걸친 채였다. 한 손에는 맥주를, 한 손에는 빨갛고 흰 폴란드 국기를 들고 응원을 하는 것이다! 아빠는 행복하다! 딸기밭은 열한 살 먹은 딸이 지키고 있다. 그러니 안심해도 된다. 아빠는 폴란드 대표팀을 지키고 있는 것이다! 땀이 뻘뻘 나기 때문에 맥주로 수분을 보충해야 한다. 폴란드 팀이 축구공을 가로챌 때마다 소리를 지르며 깃발을 흔든다. 여름이 지나고 있었다.

아스팔트 길 옆에는 보리수 꽃이 한창 향기를 풍기고 있었다. 나는 혼자 밭에 서서 정오의 햇살을 받으며 먼지 덮인 다디단 딸기를 배가 터지게 먹었다. 예쁜 것만 따서 먹고 블라우스 주머니에도 넣었다. 발아래 모래흙은 뜨거웠다. 밭이랑 사이로 걸어가며 노래를 불렀다. *엔틀리첵 펜틀리첵, 피에흐니첵이 어떻게 할지는 아무도 모르지…* 그러고는 배가 터질 것 같은 상태로 햇볕 아래 누워 우리 국민 전체를 행복하게 할 최고의 공격을, 환상적인 패스를, 골키퍼의 기록적인 방어를, 폴란드 팀의 위대한 골을 상상했다. 아니, 우리 국민은 무슨 국민! 아빠를 행복하게 하겠지!

joanna

◆ 폴란드 축구 역사의 황금기였던 1982년 월드컵 응원가. 폴란드 전래 민요에 월드컵 당시 폴란드 국가대표팀 감독이었던 안토니 피에흐니첵의 이름을 넣어 불렀다.

SUPER COCHE

아버지가 우리한테 사 준 첫 장난감 자동차는 2대의 무당벌레, 폭스바겐 비틀이었다. 남동생은
초록색, 나는 검정과 흰색이 섞인 경찰차를 골랐다. 나는 너무 신나서 유치원(아직 유치원에 다니
고 있었다)에 장난감을 가져갔다. 얼마나 예쁜지 친구들한테 보여 주고 이 즐거움을 나누고 싶었
다. 그런데 급식 시간에 어떤 녀석이 내 자동차를 가로챘다. 내가 가지고 노는 걸 보자마자 뺏
어서 자기 주머니에 넣어 버렸다. 그 녀석은 돌려주는 걸 거부했고, 나는 곧바로 선생님께 일렀
다. 하지만 그녀는 자초지종을 들어 보려고 하지도 않고, "유치원에 장난감을 가져오는 건 금지
야!"라고 말했다. 마음속에서 종이 찢는 소리가 들리는 것 같았다. 이 고통을 표현할 어떤 말도
찾을 수 없었다.

나는 모든 걸 잃은 심정으로 집에 돌아와서 아버지에게 무슨 일이 있었는지 알렸고, 그걸 들은 어머니는 나에게 설교를 시작했다. "말을 안 들으면 어떻게 되는지 알겠니? 너에겐 교훈이 될 거다. 다음부터는 장난감은 집에 두고 가야 한다."

다음 날부터 나는 이 자동차 도둑을 급습하기 위해 감시에 들어갔다. 하지만 한 번도 기회를 잡지 못했다. 그 애가 웃는 걸 보았다. 행복해 보였고 다들 그 애를 좋아했다. 왜 사람들은 걔가 어떤 애인지 모를까? 나와 눈이 마주칠 때마다 그 애는 좀 불편해 보였다. "뭘 자꾸 쳐다보는 거야?" 나는 그럴수록 그 애를 쳐다보았다.

몇 년 후 축구 시합에서 그를 다시 만났다. 나는 아직도 그의 이름을 기억한다. 그는 골키퍼였다. 진짜 선수용 장갑과 유니폼까지 갖춰 입고 허세를 부린.

경기는 우리가 앞서고 있었지만 뭔가 이상한 느낌을 지울 수 없었다. 선수를 세 보았더니 역시 그의 팀이 한 명 더 뛰고 있었다. 나는 동료들에게 말했고, 우리는 심판에게 이 사실을 알렸다. 심판은 상대 팀을 실격시키는 대신, 경기를 중단하고 승부차기를 선언했다. 나는 또 한 번 날치기를 당한 기분이었다. 내가 첫 번째 키커로 나설 수밖에 없었다. 관중들은 골대 뒤쪽 풀밭에 파리 떼처럼 모여 있었다. 그는 박수를 치고 땅에 침을 뱉었다. 나는 살기 띤 눈으로 지긋이 그를 노려보았다. 그때 알았다. 그 역시 잊지 않았다는 것을. 그는 두려워하고 있었다. 나는 공을 놓고 몇 걸음 물러나서 똑바로 섰다. 디딤발을 구부리고, 그를 향해 강슛을 날렸다. 네트 상단에 꽂혔다! 그렇게 공을 세게 차 본 적이 없었다. 내 다리가 어떻게 했는지는 몰라도 그동안 내 안에서 웅크렸던 에너지가 터져 나오는 완벽한 순간이었다. 사람들이 모두 소리를 질렀다. 오! 몇 초간 시간이 멈춘 듯했다. 일그러진 그의 얼굴을 보니 기분이 좋았다. 어디서 그런 힘이 나왔는지 나조차도 알 수 없었다. 그는 별 티를 내지는 않았지만 아마 심사가 뒤틀렸을 것이다.

경기는 우리의 패배로 끝났다. 그러나 경기장을 떠나는 그의 모습은 낙담해 보였다. 달콤한 딸기 맛 같은 패배. 나의 승리였다!

Rafael

햇살로 하얗게 달구어진 여름 오후, 나는 가끔 헛간의 차가운 어둠 속으로 숨어들었다. 거기서 오랫동안 햇살 사이로 춤추는 먼지를 보며 앉아 있었다. 마치 마법에 걸린 것처럼. 꿈을 꾸면서. 나는 그 헛간이 다른 세상으로 연결되는 장소라고 생각했다. 움직이지 않고 조용히 무언가가 시작되는 곳. 쌓아 놓은 나무 더미 속에 무언가 웅크리고 있었고, 나무둥치에 꽂힌 도끼 안에서도 무언가가… "도끼를 건드리면 안 된다." 할머니가 말씀하시곤 했다. 하지만 나는 도끼를 너무나 만지고 싶었다. 손가락 하나만 대 보면 안 될까. 손잡이만 어루만져 보면 안 될까.

헛간에는 거대한 썰매도 걸려 있었다. 마치 왕들이 탔을 것 같이 거대한… 도대체 누구의 것이었을까? 왜 이 썰매는 여기 걸려 있지? 왜 우리는 겨울에 이 썰매를 타지 않을까? 나는 타고 싶은데….

나무 사다리… "사다리에 올라가선 안 돼!" 할머니가 말씀하셨지. 나는 사다리를 타고 헛간 꼭대기로 올라갔다.

약간 무서웠지만, 심장이 세게 뛰고 있었지만, 숨을 참았다. 이렇게 숨을 참고 있으면 아무도 내가 여기 왔다는 사실을 모를 것 같았다.

헛간 위쪽은 햇살이 더 찬란하고 아름다웠다. 나무판자들 사이 틈도 더 크고, 옹이 구멍도 컸다. 나는 햇살 사이를 걸으며 날리는 먼지를 후후 불곤 했다.

가끔은 밀짚 위에 풀썩 드러누웠다. "밀짚 위에 누우면 안 돼!" 할머니가 말씀하셨지. "거기서 잠이 들면 절대로 깨어날 수가 없단다…." 마치 영화 속으로 들어온 것만 같았다. 먼지 줄기마다 이야기가 숨어 있어 춤추고 빙글빙글 돌아가는 것 같았다. 나는 웃음을 터뜨렸다. 그 웃음은 이야기와 섞이곤 했다. 그리고 헛간의 빛처럼 나를 관통했다. 춤을 추며, 나에게 마법을 걸면서. 나는 누워 있었다. 누워서 계속 바라보았다. 배 속에서 할머니를 부르는 소리가 나오기 전까지 계속 누워 있었다.

마당에는 뜨겁고 김이 서린 여름 낮의 공기가 미동도 하지 않고 있었다. 개는 개집에서 혀를 내밀고 헉헉댔다. 목을 축이기에는 물통의 물이 뜨거웠던 것이다.

joanna

하루 중 가장 더운 오후 낮잠 시간. 더 이상의 통행도 없고 거리는 텅 비어 있다. 상점들은 문을 닫았고 마을은 고요했다. 사방이 조용했다. 집 뒤편의 술집만 빼고. 누군가 문을 열면 시끄러운 남자들의 목소리가 새어 나온다. 커피, 술 따위를 마시거나 뉴스, 특히 축구 경기 하이라이트를 보러 온 사람들이다. 일을 마치고 비로소 자유를 만끽하러 온 사람들.

그럴 때면 나는 고택에 놀러 갔다. 어머니가 어린 시절을 보낸 집이다. 오래전부터 사람이 드나들지 않고 삼촌이 써 왔다. 부엌은 이미 삼촌의 작업실이 되어 있었다. 오래된 신문 더미와 마른 꽃다발, 나비, 전갈, 온갖 벌레가 잔뜩 낀 병이 나뒹굴고 먼지까지 더해져 난장판이었다. 벽난로 앞으로 난 네모난 햇빛 그림자가 꼭 길을 안내해 주는 것 같았다. 어떤 방은 가구와 잡동사니로 가득 차서 들어가는 것조차 어려웠다. 맞은편 방은 천장까지 나무 더미가 쌓여 있었다. 다시든 나무숲처럼.

집은 늘 차가운 냉기가 감돌았다. 나는 두 방이 보이는 어두운 복도 끝으로 들어갔다. 왼쪽 방은 벽이 파랗고 의자가 산처럼 쌓여 있었다. 창문으로 뜨거운 햇볕 아래 주차된 차들이 보이고 깨진 유리 틈으로 더운 바람이 들어왔다. 어른거리는 빛에 눈이 아렸다. 오른쪽 방에는 피아노가 있고 벽에 우디 앨런과 영화 〈죠스〉의 포스터가 붙어 있었다. 문을 닫고 나가면서, 천장에 반사되는 빛을 얼핏 본 것 같다.

벽을 더듬으며 다시 복도를 지나갔다. 나는 과거의 흔적을 손으로 느끼는 게 좋았다. 내 발소리들이 비밀스러운 침묵 속에서 울려 퍼졌다. 그러다 걸음을 멈췄다. 꼭 이 집에서 무언가를 발견할 것만 같았다. 눈에 보이지 않는 것. 전부 사라졌어도 남아 있는 것.

삼촌이 차고로 쓰는 곳으로 가서 곧 무너질 것처럼 흔들거리는 계단을 올랐다. 나무가 삐걱대는 소리가 좋았다. 디딜 때의 불안정마저도. 다락방에 도착했을 때는 일등으로 산 정상에 오른 것처럼 기뻤다. 이곳은 금지 구역이라 여기에 오른 사람은 내가 유일했다. 담쟁이덩굴이 늘어져 있는 뚫린 창문 앞에서, 나는 혼자서 세상을 볼 수 있었다. 고독의 즐거움을 발견한 것이다.

rafael

학교가 끝나면 집에 바로 오지 않고, 할머니 댁에 들러 우유를 받아 왔다. 소에서 갓 짠 우유였다. 할머니네 소 이름은 무츠카였다. 양동이에 담긴 흰 우유 2리터. 할머니의 집은 우리 집에 가는 길에 있다고도, 아니라고도 할 수 있었다.

여름엔 할머니 집에서 들판을 가로질러 왔다. 그러면 가까웠다. 하지만 겨울엔 금방 해가 져서 빙 돌아서 마을을 통해 와야 했다. 엄마는 우리가 컴컴한 들판을 지나오는 걸 싫어했다. 아니면 우리가 무서워했는지도 모른다.

딱 한 번, 하지 말라는데도 저녁의 어둠 속에서 들판을 건너왔다. 모래가 깔려 있는 기다란 끈 같은 길이 어둠 속에서 빛났다. 그때의 기억은 꿈만 같다. 내가 정말 그 길을 걸어왔는지, 아니면 그렇게 상상한 것인지 확실하지 않다.

우유가 든 양동이는 번갈아서 들었다. 하루는 실비아가, 하루는 내가. 아니면 내가 길의 반, 나머지 반은 실비아가. 그 길의 중간이 어디인지 정하는 건 쉽지 않았다. 우리는 그냥 리투아니아인이 사는 집 앞이라고 정했다.

마을 아이들이 모두 리투아니아인을 무서워했다. 무서운 소문이 많았다. 아이들을 납치해서 지하실에 가두고 때린다는, 그런 종류의 소문이었다. 그의 집 마당에는 두 그루의 아름다운 사과나무가 자라고 있었다. 사과는 맛있어 보였지만, 감히 누가 엄두를 내겠는가? 리투아니아인은 혼자 살았고 집 밖으로 나오는 일도 드물었다. 집 안 어딘가에서, 더러운 창문의 그물 커튼 뒤에서… 그 안에서 뭘 하는지는 아무도 알 수 없는….

어느 날 저녁, 실비아는 길의 중간이 좀 더 먼 데라고, 리투아니아인 집 앞이 아니라 조각상 앞이라고 주장했다. 우리가 약속한 것과 달랐다. 내가 먼저 양동이를 들고 왔고 이제 실비아 차례였는데, 전혀 들려고 하지 않았다. 우리는 어두운 길에서 싸웠다. 서로 자기가 맞다고 고집을 부리고 화를 내고 있었다. 분명 리투아니아인은 검은 창문의 그물 커튼 뒤, 깊숙한 데서 우리를 보고 있었을 것이다. 뭐라고 생각했을지. 지하실에 가두고 싶지는 않았을까?

결국 나는 양동이를 길에 내려놓고, 더 이상은 안 들겠다고 선언했다. 그러고는 집으로 달렸다. 실비아도 마찬가지였다. 양동이는 홀로 외로이 리투아니아인의 집 앞, 길 위에 있었다.

우리가 얼마나 더 갔는지는 잘 모르겠다. 정말로 머리끝까지 화가 났다. 교회 앞이었는지, 우체국 앞이었는지.

나는 발길을 돌렸다. 우유 없이 집에 갈 수는 없었으니까.

joanna

석양이 어둠을 버티지 못하고 밤이 찾아올 시간이었다. 해 질 무렵, 우리는 할머니 댁에 도착했다. 할머니는 우유가 다 떨어졌다며 우리를 데리고 우유 가게로 갔다. 철로를 건너 흙길 사이를 걷는 이 여정이 나에겐 생각지도 못한 풍경의 발견, 모험의 시작이었다. 일종의 서부 개척 시대 같았다. 나는 무섭지 않았다. 하얀 철통을 들고서 할머니 말을 따랐다. 내가 기억하는 한 가지는 할머니가 우리를 보고 행복해했다는 것과 내가 그 옆에 있었다는 것이다. 할머니는 내가 정말 예쁘다고 했다. 나는 그 말이 무슨 뜻인지 몰랐지만, 할머니를 기쁘게 해 드리는 것 같아 좋았다. 가게에 도착했다. 내가 철통을 내려놓자, 아저씨가 우유 10리터를 가득 채웠다. 할머니는 계산을 하고, 우리는 철통을 들고 나갔다. 깜깜한 밤, 들판에 섰다. 저 멀리 개 짖는 소리만 들렸다. 집에 돌아가고 싶지 않았다. 강가의 선선한 바람을 느끼며 밤새 밖에 있고 싶었다.

집에 돌아와서 할머니는 우유를 데웠다. 나는 우유를 좋아하지 않아 냄새만 맡아도 속이 울렁거렸다. 밖으로 나가 반짝거리는 별을 올려다보았다. 꼭 하늘이 나에게 모든 기회를 열어 준 것처럼, 이곳에선 어떤 금지된 것도 가능하겠다는 생각을 했다. 완벽한 자유였다.

rafael

할아버지는 새를 박제로 만들었다. 어쩌면 다른 동물도 박제로 만들었는지 모르겠다. 예를 들면 여우라든지….

동물의 내장을 빼내고 짚을 넣고 다시 꿰매는 것이다. 눈은 유리알을 박아 넣었다. 분명 어느 전문점에서 유리 눈을 사 오셨겠지.
할아버지가 아직도 살아 움직이는 것처럼 생생한 털을 가진 동물의 빈 눈에 유리알을 박아 넣기 전에, 유리 눈을 본 적이 있다. 신기하고 무서운, 살아 있는 눈.

할아버지는 솜씨 있게 잘라 온 가지 위에 박제된 새들을 올리고, 이 작품을 벽에 걸어 놓곤 했다. 그저 걸려 있거나, 집을 장식하거나, 아무 말도 하지 않거나, 그 유리 눈으로 우리를 바라보며 감시하거나, 공포심을 뿌리거나. 내 안에서 일었던 것은 공포심이었다. 복도에는 그런 작품 셋이 걸려 있었다. 마치 파수꾼처럼. 거길 지나갈 때면 나는 그들한테서 눈을 떼지 못했다. 새들은 유리 눈으로 내 한 발짝 한 발짝을 모두 감시했다.

부엌에서 할머니와 감자 껍질을 벗긴다. 할아버지가 죽은 수탉을 들고 들어온다. 머리는 없다. 할아버지는 수탉을 오른 옆 장작을 모아 둔 상자 위에 던져 놓았다. 그런데 그 수탉이 일어나더니 돌연 부엌의 열린 문을 통해 복도로 뛰어나가는 것이다. 머리도 없이! 그러고는 지금은 박제되어 꼼짝도 하지 않지만 한때 하늘을 날았던 친척들의 유리 눈 아래에서 날아올랐다. 마당까지 가서야 쓰러졌다.

나는 이게 신기한 일인지 무서운 일인지 알 수 없었다. 죽은 것인지 산 것인지. 죽음 이후의 삶이 있다는 건 정말일까? 악마와 천사, 공동묘지의 길 잃은 영혼, 창백한 해골, 목을 조르는 귀신과 뱀파이어 그리고 성인들. 알 수 없는 그 모든 것들이 존재하는 것일까?

할머니는 아무렇지도 않게 그 수탉의 털을 뽑고 내장을 빼냈다. 나는 할머니 등 뒤에 숨어서 수탉이 또다시 벌떡 일어나 어디론가 뛰어가지 않을까 불안해하며 넘겨다보았다. 반쯤 내장을 파내고 심장을 꺼내었을 때까지도 나는 수탉이 다시 움직이기를 기대했다.

우리는 그날 점심 아무렇지 않게 수탉을 먹었다.

joanna

어린 시절의 기억… 핀에 꽂힌 액자 속의 나비들, 더는 펼치지 못하는 꿈. 나비들은 살아 있는 것처럼 보였다. 어쩌면 그래서 보는 걸 좋아했는지도 모른다. 자그맣고 하얀 반점, 연한 잎사귀 조직처럼 신기한 무늬의 날개. 섬세함, 비늘의 반짝임, 몸에 난 보송보송한 털, 더듬이, 다리. 완벽한 대칭으로, 더 이상 움직이지 않도록 고정되어 있다. 나는 밤낮으로 이 곤충들을 자세히 지켜봤다. 모두 참 예쁘다. 변장과 위장의 전문가들. 접힌 날개는 바람에 흔들리는 낙엽 같다. 높은 산봉우리처럼 뾰족한 톱니 모양의 잎들에서 흰색 r 표시가 보이면, 나는 산네발나비일 거라 짐작했다. 어떤 날개들은 정말로 까매서 그 안에 생명이 없다는 걸 믿을 수 없었다. 오늘 밤 갑자기 공작나비의 아름다움을 과시하며 날개를 펄럭일지도 몰라. 아니면 공중에서 잠깐 황색 잎을 펄럭이다 동색의 진짜 잎사귀 아래 가서 매달려 있을지도.

나는 그들이 어떻게 나는지 알고 있다. 어떤 것들은 독수리처럼 완벽하게 하늘을 비행한다. 왕줄나비, 붉은까불나비, 네발나비, 산호랑나비, 제비꼬리나비. 반대로 몇몇은 무질서하고 불규칙한 방식으로 날아다닌다. 세찬 비에도 어려움 없이 빗줄기 사이를 통과한다. 어느 오후로 기억하는데, 빗속에 흠뻑 젖은 채로 서서 투명한 빗줄기의 미로를 빠져나가는 나비들의 모습을 본 적이 있다.

나비들이 어떤 꽃을 좋아하는지, 어떤 나무가 그들을 유인하는지도 알고 있다. 야생 배나무의 달큰한 냄새, 작은 개울가의 습기. 어디로 가면 그들을 볼 수 있는지도 알았다. 나비는 내 마음 속 숲의 빛나는 별이었다.

나비를 잡으면, 상자를 나비 가까이에 댄다. 그리고 안에 있는 투명 봉투(아버지의 담뱃갑 포장지)를 꺼내 날개를 움켜쥐지 않도록 조심하며 나비를 넣는다. 그런 다음, 배를 눌러 질식시킨다. 나비의 입이 열렸다 닫히고 몸이 떨리다가 더 이상 움직이지 않게 된다. 가끔 너무 세게 누르면 노란 뭔가가 튀어나온다. 이럴 땐 기분이 좋지 않다. 동생도 비웃었다. 마치 순수함을 잃어버린 것처럼 양심의 가책이 들었다. 제일 죽이기 힘든 건 몸집이 큰 나방이다. 그런 건 아버지에게 맡겼다. 봉투가 부족하면, 한 봉투에 두 마리, 세 마리도 넣었다. 봉투를 한 번씩 열어 보면, 죽어 있거나 날개를 퍼덕거린다. 어떤 나비들은 그러다가 빠져나가기도 했다. 나는 너무 놀라 순간 굳어 버렸다. 하늘로 날아가는 나비들을 보니, 내 안에서 어떤 강렬한 감정이 피어났다. 꼭 내 생명이 되살아나는 것 같은.

rafael

파홀스키는 국어 시간에 담배를 피웠다. 지금 같아서는 상상도 못 할 일이지만, 그는 줄담배를 피웠다. 아무도 그러면 안 된다는 생각을 하지 못했다.

나는 그의 수업을 하나도 기억하지 못한다. 하지만 분명 뭔가를 가르치긴 했을 것이다. 그게 뭔지는… 모르겠다.

그가 담배를 피웠다는 것, 옛날 책상이라서 잉크병을 두는 자리도 있었던 게 기억난다. 그땐 이미 볼펜을 쓰고 있었는데…. 교실은 지붕 밑에 있었고, 나는 일주일 내내 남색 운동복 윗도리에 무릎까지 오는 격자무늬 스타킹을 신고 다녔다. 파홀스키는 교실 전체를 연기로 꽉 채우곤 했다.

출석을 불렀던 것 같기도 하다. 나는 11번이었다.

joanna

아버지는 항상 화장실에서 담배를 피웠다. 나는 수업이 있는 날이든 아니든, 바로 침대에서 일어나지 않고 아버지가 나오길 기다렸다. 아버지는 거기서 왕이나 마찬가지였다. 들어가면 한 시간 넘게 있었다. 보통 로스 핸들 담뱃갑과 티브이 편성 잡지를 들고 가는데, 담배를 피우면서 낱말 퀴즈 따위를 풀거나 게임을 한다. 가끔 급해서 들어가려고 하면, 아버지는 잠깐 기다리라며 날 막아섰다. 종종 너무 길어지면, 노란 플라스틱 통을 줄 때도 있었다. 변기에 비우는 것도 내 몫이었다. 그러나 오줌이 아닐 때는 그럴 수 없었다. 굴욕적이었다. 배가 너무 아팠지만 버텼다. 그러는 동안 다른 형제들이 일어났고, 나는 내 차례를 뺏기지 않으려고 신경을 곤두세웠다. 마침내 아버지가 나왔고 나는 뛰어 들어갔다. 연기가 덜 빠져 담배 냄새가 진동했지만 변기는 아직 따뜻했다. 그리 쾌적하지는 않아도 볼일은 볼 수 있었다. 작은 플라스틱 재떨이가 눈에 띄었다. 꼭 귀중품이라도 되는 양 황금색이 발라진 인조 대리석 재떨이. 주황색 철제 거울, 둥근 회색 손잡이… 그리고 아버지가 놓고 간 잡지를 훑어본다. 사진들, 특히 여자들 사진이 좋았다. 그녀들의 웃음, 시선, 아름다움에 홀렸다. 여기서 인생의 즐거움을 느꼈다. 게임도 했다. 두 개의 똑같은 그림에서 다른 점을 찾아내는 게임. 화가 이름도 외웠었는데 잊어버렸다. 이제 화장실 냄새는 바뀌었고, 동생이 다음 차례로 들어와서 냄새가 고약하다고 투덜거렸다. 불평하는 소릴 들으니 괜히 기분이 좋았다. "잘해 봐!" 하고 동생을 골려 주었다. 나는 아버지가 의자 팔걸이에 걸쳐 둔 잡지를 들고 나왔다. 아버지는 그걸 화장실에 놓고 온지도 모른다. 나는 아무 말도 하지 않았다. 그리 중요한 문제는 아니었다.

Rafael

처음부터 좋지 않았다. 다른 애들은 다 대도시인 츄우후프에서 왔는데, 나만 샌들(어쨌든 츄우후프에서 산 예쁜 샌들이었다)에 닭똥이 낀 시골 애였다.

버스가 대기하고 있었다. 다른 애들은 이미 타고 있었다. 누군가 내 가방을 짐칸에 넣었다. 이제 타야 한다. 용돈이 든 지갑을 부엌 식탁 위에 놓고 왔다는 생각에, 배가 아파 오고 무릎이 꺾일 것만 같다. 누군가가 도시락은 망 주머니에 있으니 잘 들고 가라고, 조심하라고, 말 잘 들으라고 외친다. 물론이다, 물론. 나는 말을 안 들은 적이 한 번도 없다.

버스에 오른다. 도시 아이들의 웃음소리가 힘겹다. 누군가 나에게 어서 빈자리를 찾아 앉으라고 한다. 내가 차창 너머 누구에게 손을 흔들었나? 엄마? 아빠? 이미 가 버렸다. 출발. 어디로? 기억도 나지 않지만 이미 돌아갈 수는 없다.

아무도 나에게 말을 걸지 않겠지. 어쨌든 누군가 나에게 이름을 물어본 기억조차 없다. 나도 말하지 않았다. 아무것도 묻지 않았다. 하지만 난 할 수 있는데. 난 야생의 아이니까. 짐승처럼. 난 시골에서 왔어. 콜로니에◆ 여름 캠프에 보내져서 지금 가는 거야. 깨어날 수 없는 꿈속처럼 나는 간다. 가고 싶은지는 모르겠다. 가고 싶지 않은 건지도 모르겠다.

_____

◆ 폴란드 사회주의 시대에 학교 전체가 여름방학마다 참여한 캠프. 집단생활로 보통 2~3주 정도를 보내며 전국의 어린이들이 무료로 참여했다.

전날, 아빠는 밤늦도록 노란 마거리트 꽃무늬가 찍힌 흰 방수 천으로 내 수영복을 만들었다. 콜로니에서 입으라고. 둘로 나뉘어져 있는, 그러니까 비키니! 정말 예쁘다! 수영복은 트렁크 안에 있다….

"너, 도시락 뭐 싸 왔는지 보여 줘!"

잠시 후에야, 나에게 한 말이라는 걸 깨달았다. 내가 뭘 먹든 무슨 상관이야? 하지만 모두 나를 바라보고 있다.

다들 눈처럼 하얀 종이를 벗기고 버터와 노란 치즈, 햄이 들어간 둥근 빵을 꺼낸다. 도시의 샌드위치! 도시 엄마들이 가지런하게 싸 준 점심 도시락. 저 애는 사탕도 있어. 페벡스◆에서 달러로만 살 수 있는 초콜릿. 다른 애는 체리 주스를 싸 왔어… 그리고 날 보고 있어! 나는 쓰러질 것만 같았다. 흑빵과 버터, 소시지를 샌드위치와 비교할 수는 없으니까. 종이봉투에서 꺼내자마자 모두 어깨를 으쓱거리며 나를 비웃을 거야. 그나마 흥미를 잃는 게 최선이겠지… 맞아, 그게 최선이야. 만약 달걀 껍데기라도 까기 시작했다간 인정사정없을 거야. 남자애들은 큰 소리로 비웃고, 여자애들은 웃느라 입을 가리겠지.

달걀을 한 조각이라도 먹을 수 있을지 모르겠다. 오이 절임은 아예 안 꺼내야지. 감자전도…. 내릴 때까지 배고프지 않겠어.

P.S. 기온이 오른 첫날, 내가 꺼낸 수영복을 보고 도시 여자애들은 미친 듯이 웃었다. 다행히 남자애들은 관심이 없었다….

joanna

◆ 폴란드 사회주의 시대에 시장경제 실험의 일환으로 도입된 상점. 수입품과 고가품을 주로 취급했으며 초창기에는 달러와 쿠폰으로만 물건을 살 수 있어서 특수층만 이용했다.

연말에 오를리 공항 견학을 갔다. 버스 안은 이미 자리가 많이 차서 나는 맨 뒤쪽에 앉았다. 하지만 내가 제일 좋아하는 자리다. 창가 옆. 창유리 너머 한 편의 영화를 보는 것 같은 자리. 다른 남자애들은 여자애들 앞에서 젠체하며 시선을 끌기 위해 애쓰는 중이었다. 그 애들은 서로 사탕을 주고받았다. 꼭 우리 속 원숭이들 같았다. 실제로 비행기를 보는 건 처음이어서 다들 엄청 들뜬 상태였다. 비행기가 뜨고 하늘에서 땅, 도로, 논, 집, 산을 내려다본다는 게 무슨 뜻인지 모르고 있었다. 국경을 넘어 본 적도 없었다. 나로서는 그리 새로운 게 아니었지만 말이다. 나는 여름휴가 때 이미 비행기를 타 봤다. 우리 집에 자동차가 없었기 때문이다. 형제들, 누나, 아빠, 엄마가 없다는 걸 빼고는 그날과 다른 게 거의 없었다. 낯설지만 느긋한 마음도 들었다. 그리고 생각했다. 나는 사탕은 없지만 너희가 모르는 자유를 맛보았지! 그 애들이 하는 말을 들을수록 같이 얘기하고 싶은 마음이 사라졌다. 여자애들이 비행기에 대해 궁금한 걸 물어보면, 남자애들은 자기들이 얼마나 똑똑한지 보여 주고 싶어, 말도 안 되는 걸 지껄이고 괴상한 설명을 늘어놓았다. 바보들. 순간 내가 아는 걸 말해 주고 싶었다. 하지만 다들 믿지 않겠지. 나는 침묵을 택했다.

좀 지나서 우리는 빈 대형 홀에 도착했다. 비현실적인 공간. 나는 당장 떠나고 싶었다. 담당자가 나와 이곳이 어떻게 쓰이는지 설명했다. 컨트롤 타워, 사고 시 소방 조치…. 하지만 아무도 관심이 없었다. 나는 머릿속으로 딴생각을 했다. 그래도 계속 떠나고 싶어지면 어쩌지? 선생님이 담당자와 다음 일정을 이야기하고 있을 때, 우리는 큰 유리창 너머로 밖을 보았다. 훈련장은 닫혀 있고, 노란 선들이 그려진 활주로만이 쓸쓸하게 있을 뿐, 비행기는 없었다. 아무도 없는 곳에 햇볕만 내리쬘 뿐이었다. 조금 뒤 선생님은 이제 콩코드(그 시절, 세계에서 가장 빠른 비행기였다!)를 보러 간다고 말했고, 그 이름이 나오자마자 다들 관심을 보였다. 언제나 하늘을 관찰하는 건 내가 유일했다.

콩코드 내부로 들어갔다. 하지만 절대 뜰 일은 없을 것이다. 시간도 늦고 배도 고팠던 만큼 실망도 컸다. 견학은 그걸로 끝이었다. 출국을 기다리는 승객들 사이에 앉아 재빨리 점심 먹을 준비를 했다.

각자 싸 온 걸 꺼냈다. 주스, 콜라, 사 온 샌드위치와 사탕, 초콜릿 비스킷. 곧바로 집에서 만든 샌드위치를 싸 온 건 나밖에 없다는 걸 알았다. 가방을 여니, 코를 찌르는 냄새가 났다. 치즈는 녹고 바나나는 물러 버렸다. 나는 나중에 먹자고 생각하고 다시 가방을 닫았다.

다른 애들이 점심을 다 먹고 나자, 선생님은 가판대에 엽서나 기념품을 사러 가도 좋다고 말했다. 다들 그곳으로 몰려갔지만 나는 아니었다. 나는 쓸 돈이 없어서 못 듣은 척, 비행기를 구경하는 척했다. 집에 돌아오니 엄마가 소리쳤다. "아무것도 안 먹었네! 만들어 준 건 남김없이 먹고 와야지!" 나는 엄마에게 배가 고프지 않았다고 대답했다. "오늘 저녁에 먹도록 해라. 음식을 버리면 안 돼!" 그날 밤, 남긴 샌드위치를 먹는데 어쩐지 기분이 좋았다. 어디론가 떠나는 느낌이었다.

들판에서 보면 마을은 달라 보였다. 작아 보였다, 아주. 들판에서는 아무 소리도 들리지 않았다. 바람만 불었다. 바람은 불지 않을 때는 전나무와 서양산사나무 사이에서 잠들어 있었다. 작은 집들, 교회의 작은 탑, 낮은 울타리, 작은 정원, 공터, 헛간, 안뜰, 돼지우리, 닭장, 시골집. 그 안에서는 아주 가끔씩만 작은 사람들의 형상이 보였다. 마치 그림엽서처럼 들판에 서 있는 말이나 소가 사람보다 더 자주 보였다. 가끔 닭이나 거위 떼가 놀라 달려갈 때도 멀리서 보면 아무런 소리 없이 날갯짓만 하는 것처럼 보였다. 마치 주머니에 넣을 수 있을 것 같은 작은 시골 마을. 성냥갑으로 만든 작은 극장 같았다.

나는 강 건너 소를 보러 가는 걸 좋아했다. 키오스크◆를 지나고 식료품 가게를 지나고 학교와 운동장, 마을 사람들이 가축에게 공동으로 풀을 먹이는 곳과 곡식을 매입하는 곳을 지난다. 그러면 들판으로 뻗은 길이 나온다. 전나무와 서양산사나무가 서 있는 길. 멀리 강과 나무다리가 있다. 거기서 잠시 서 있는 걸 좋아했다. 물 위로 노란 미나리아재비를 떨어뜨려 다리 밑으로 사라져가는 것을, 저편으로 멀리멀리 흘러가는 것을 보았다.

◆ 신문, 잡지, 음료 등 작고 저렴한 소모품을 파는 매점.

마치 강에 홀린 것처럼, 내가 건너가게 해 달라고 허락을 구하는 것처럼.

강을 건너면 들판 사이로 하염없이 난 길이 있었다. 바람이 풀과 몇 그루 쓸쓸하게 서 있거나 몸을 낮게 웅크린 나무의 나뭇잎들을 흔들었다. 지극히 아무렇지 않은 풍경이었지만 그래도 이곳에는 어떤 마법이 작용하고 있었다. 나는 무언가가 숨어서 이 모든 걸 살펴보고 있다고 생각했다. 특히 나를. 지켜보고 관찰하고 있을지도 몰랐다. 갑자기 튀어나와 자기를 드러낸다면, 진짜 굉장한, 동화 같은 일이 일어날 거야!

들판에는 우리 할머니가 소에게 풀을 먹이는 곳도 있었다. 소들은 무심하게 천천히 풀을 씹었다. 내가 막대를 휘두르기만 하면, 소들은 미나리아재비와 풀과 데이지의 마법 따위는 아랑곳않고 알아서 집 쪽으로 움직였다. 소들은 길을 알고 있었다.

다시 강을 건너기 전에 나는 주위를 살펴보며 기다렸다. 내 뒤로 어떤 숨결처럼 따뜻한 바람이 느껴졌다. 마치 내가 혼자가 아닌 것처럼. 그러면 나는 멈춰 서서 혹시라도 무언가가 달려온다면 그걸 보기 위해 얼른 몸을 돌려 보곤 했다. 그러나 내 뒤로는, 내가 바라보든 말든 동화가 어떻게 되든 말든 바람만이 풀을 흔들고 있을 뿐이었다.

소들은 천천히 걸었다. 약간은 졸린 것처럼. 어쩌면 마법에 걸려 있었을지도 모른다. 나를 기다리지는 않았다. 소들한테서는 풀과 우유, 말라붙은 똥 냄새가 났다. 그 냄새는 마치 이 지상에서 나의 장소를 알려 주는 이정표 같았다. 할머니처럼 따뜻한 냄새. 나를 안고 부드럽게 흔드는 냄새.

소들에게 내가 필요한 건 아니었다. 나는 소들의 뒤에서 소들과 똑같이 마법에 걸린 채로 모래투성이 길을 걸었다. 어쩌면 들판의 풀 냄새 때문이었을지도, 바람 때문이었을지도 모르겠다. 집 앞에 다다라서야, 나는 우리 문을 열기 위해 소들을 옆으로 몰았다.

들판에 있던 그 무엇은 내 앞에 단 한 번도 나타나지 않았다.

joanna

담배 냄새, 오랜 세월을 견딘 갈색 나무판자, 담뱃갑, 시가와 성냥갑, 온갖 종류의 라이터들, 편지 봉투, 동전. 한 사람과 결혼했지만 두 사람과 한 것처럼 느껴졌을, 떼려야 뗄 수 없는 두 자매가 함께 보낸 인생의 침식. 어떤 이에겐 '연명'을, 다른 이에겐 '희망'을 파는 곳.

찬 공기 속 어스름한 불빛 아래서 낮은 목소리로 주고받는 말들. 꼭 오래된 교회 안에서의 고해성사를 보는 것 같았다. 나는 그때 구석에서 엽서를 보고 있었다. 아는 동네와 산이 그려진 그림엽서. 그러다 자매 중 한 사람이 들어왔고, 나이 든 주인 남자와 손님의 대화는 곧바로 끝났다. 그들의 눈빛에서 무언의 공모가 읽혔다. 내가 본 걸 그대로 말해 버릴 수도 있었지만 이 상황이 재미있게 느껴져서 잠자코 있었다.

오레가노를 찾으러 산에 갈 때면, 발길이 뜸하거나 잘 알려지지 않은 길을 골랐다. 엽서의 그림과는 전혀 다른 풍경이었다. 식물을 얻기에 가장 좋은 방법은 고사리 같은 양치식물, 가시덤불, 소나무 들이 우거진 원시림으로 들어가는 것이다. 가끔은 구름 높이만큼 올라가기도 했다. 혼자서 하늘과 땅의 경계에 서 있었다. 때로는 나뭇가지에 거꾸로 매달려 있는 박쥐도 보았다. 조심스레 만져 보았다. 꿈을 어루만지는 것 같은 감촉!

다시 길로 내려가서 커다란 오레가노 한 다발을 만들었다. 어찌나 향이 강한지 손에도 냄새가 뱄다. 자연 속에서 나는 고독과 고요, 자유를 즐겼다.

바위에서 돌비늘을 떼어 내며 시간을 보내기도 했다. 아버지 말로는, 예전에는 다리미를 만드는 데 쓰이곤 했지만 요새는 그다지 쓸모가 없다고 했다. 층층의 얇은 조각들이 반짝이는 생선 비늘처럼 보였고 꽤 근사했다. 이 귀중한 돌들을 빨간 용이 그려진 초록색 성냥갑에 넣었다. 집중력이 필요한 작업이었고, 끈기 있게 해낼 사람으로는 나만한 적임자가 없었다. 나는 남들이 못 보고 넘어가는 걸 잘 보기도 했다. 검정 개미 떼의 행렬 같은. 개미 떼는 길을 건너 솔잎 사이로 사라졌다. 개미들은 목적지를 잘 알고 움직였다. 해 질 무렵이 되자 굽은 길모퉁이에서 누나가 재촉하는 게 보였다.

돌아가는 고갯길에서 잠시 멈추고 지그재그 모양으로 구부러진 로마식 길을 내려다보았다. 거기서 잃어버린 옛 동전, 단검, 골동품 같은 것들을 마치 운명처럼 발견할 것만 같았다.

저 멀리 마을에 켜진 불빛들을 보니 크리스마스 구유 장식이 생각났다. 수없이 반짝거리는 하늘의 빛, 시원한 밤공기, 말로는 설명하기 힘든 이 넘치는 행복감. 하지만 산을 내려오자 태양이 숨막히게 내리쬐고 귀가 먹먹해졌다. 꼭 몸이 굳은 것처럼 움직이기 힘들었다.

그때 한 마을 주민이 당나귀들을 끌고 왔다. 당나귀들은 뭔가 알고 있는 것 같았고, 그들의 크고 검은 눈동자를 보니 그 길 역시 알고 있다는 느낌이 들었다. 꿈의 길.

rafael

PREZENT

어느 크리스마스이브엔가, 크리스마스트리에 불이 붙었다. 불길의 환한 빛이 방 전체를 채웠다. 집에 불이 났어! 당연히 난리가 났다. 하지만 나는 고요함만을 기억한다. 그리고 그 빛. 성탄절 전야에 받은 가장 멋진 선물 같던.

joanna

어느 해인가, 크리스마스트리에 전구 장식이 금지된 해가 있었다. 전기 합선으로 큰불이 나서 그때부터 판매가 중단되었다. 하지만 집 근처 상점의 진열대에는 여전히 조잡하고 볼품없는 견본들이 남아 있었다. 아버지는 여느 해처럼 준비했다. 산타클로스와 눈사람, 빨강 주황 노랑 분홍 색색의 장미, 과일들, 독일에서 온 예쁜 상자에 담긴 갈란드….

반짝거리는 불빛들은 감동적이었다. 내 마음에도 불이 환하게 들어왔다. 자는 동안 눈이 내려와 있길 바랐다. 다음 날 아침 창문으로 새하얀 풍경이 보였다. 조용히 빛나고 있는 눈. 나는 눈송이처럼 마음이 가벼워졌다.

rafael

객차 안으로 천천히 어스름이 스며들었다. 나는 아빠 옆자리에 앉아 있다. 우리는 미아스트코에서 집으로 돌아오는 중이다. 어두워진다. 당연히 우리는 아무 말이 없다. 아빠와 함께 있을 때면, 둘 다 거의 아무 말도 하지 않았다. 나는 창밖을 바라본다. 숲. 기차는 천천히 달린다. 아주 천천히. 사람들은 1호차에서 내려 숲에서 오줌을 누고도 마지막 칸에 충분히 올라탈 수 있다고 말하곤 했다. 이것까지는 기억난다. 하지만 왜 아빠랑 가끔 미아스트코에 갔는지는 기억나지 않는다. 그냥 아빠가 날 데려간 걸까? 아마도…. 어쩌면 아빠가 혼자 어딜 가는 걸 좋아하지 않았을지도 모르겠다. 아니면 나와 함께 가는 걸 좋아했던 걸까. 나와 둘이서 침묵하는 것을.

기차역 옆쪽 백화점 진열창으로, 나는 밀짚모자들을 보았다. 커다란 챙이 달린 아름다운 모자. 나는 밀짚모자를 꿈꾸곤 했다… 가을이었으니까. 그때는 아니었을 수도 있다. 아니면 창밖으로 스쳐 지나가는 들판과 숲, 집들과 소와 개들을 보면서 언제나 그 모자들을 꿈꾸고 있었는지도 모른다.

아니, 사실은 꿈꿀 수도 없었다. 점점 더 어둠이 짙어지는 객차 칸에 앉아서 어두운 색 윗도리를 입은 아빠의 등 뒤로 사라져 가는 세상을 바라보았을 뿐이다.

내 키는 겨우 아빠 어깨에 닿을 정도였다. 나는 작았다.

아빠도 턱을 괴고 창밖을 바라보았다. 나는 아빠의 그림자 속에 앉아 있었다. 이제 완전히 어두워졌다. 아빠 눈만 약간 보인다. 무언가 번쩍하고 눈에서 반사된다. 불빛이겠지. 무언가 번쩍….

잠시 후엔 어둠이 완전히 객차 안을 채울 것이다. 아빠는 주머니에서 팔각형 사탕 갑을 꺼낸다. 사탕은 반달 모양에 흐린 노란색이다. 부스럭부스럭 소리를 내는 투명 플라스틱 재질 포장지 속에서 빛을 발산하고 있는 것만 같다.

곧 내 배 속에서 반짝이겠지.

joanna

아버지는 파리에 갈 때 나를 데려가곤 했다. 아침에 떠나서 밥도 먹지 않고 느지막이 돌아오는 일정으로, 어머니가 집에 없을 땐 다른 형제들도 함께 갔다. 하지만 대개는 아버지와 나, 둘이었다. 플랫폼에서, 곧 기차가 들어올 거라고 아버지가 말하면 정말 몇 초 뒤에 곧게 뻗은 선로 끝에 기차가 나타났다. 중앙에 노란 줄이 그어진, 군용차량처럼 보이는 국방색 낡은 기차였다. 맨 앞 칸은 일등석이었고, 우리는 두 번째 칸 흡연석에 앉았다. 어린이라고는 나 혼자일 때가 많았다. 아버지는 재떨이가 가까운 창 쪽 자리에 앉아서 꽁초가 찼는지 들여다보았다. 필요하면 자리를 바꿨다. 가끔 아버지한테 초록색 민트 맛 사탕을 받았다. 나는 그 맛을 아주 좋아했다. 하지만 나를 위해 사 준 적은 없었다. 나는 창밖을 바라보았다. 나무들, 개울, 모르는 길들. 그 뒤로 집이 보였고 이것이 세상의 진짜 모습이었다. 때론 아버지를 보았다. 그의 얼굴, 시선, 손. 아버지가 경험해 온 것들에 대해 생각했다.

파업이 있을 때는 일등석에 앉았다. 금속제 팔걸이가 있는 것 말고는 좌석도 다를 게 없었다. 일등석 칸은 흡연석과 비흡연석으로 나뉘어져 있었다. 천장으로 담배 연기가 올라갔다가 사방으로 흩어졌다. 센강에 가까워질 쯤, 아버지는 문 근처에 가는 걸 허락하고 강이 더 잘 보이도록 문도 열어 주었다. 반짝이는 수면, 교량의 높이, 선로 위를 달리는 기차 소음을 좋아했다. 내가 제일 좋아하는 여행의 순간이었다. 까만 암흑 속으로 빨려 들어가는 것 같은 터널도 좋았다. 한번은 아버지가 종이봉투에 대고 바람을 불어 넣었고, 어둠 속에서 팡! 소리가 울렸다. 우리가 스페인어로 말하는 걸 흘끔거리던 할머니는 기겁을 했다. 웃음이 터져 나왔다. 아버지가 웃으니 기분이 좋았다.

한번은 또, 어떤 아저씨가 기차에서 내리기 직전에 엽서 한 장을 줬다. 체스를 두는 노인과 철창 속 고릴라가 그려져 있었다. 방의 벽 색깔이 아주 마음에 들었다. 봄의 생명력이 느껴지는 그런 초록색. 그런데 고릴라는 왜 갇혀 있었을까?

돌아오는 저녁에 멀리서 반짝이는 불빛을 보았다. 황홀했다. 내가 있는 곳이 기차 안이 아닌 것처럼. 꼭 저기 바다가 나타날 것만 같았다. 아버지와의 기차 여행은 학교에서 배우지 않는 많은 것들을 알려 주었다.

Rafael

나는 할머니와 함께 계단을 내려가 지하실로, 마치 집의 배 속으로 들어가듯이 내려갔다. 약간 지옥으로 내려가는 느낌이었다.

다만 그 지옥에는 병조림과 갈무리해 둔 농작물, 철사를 구부려 만든 바구니, 뭔가 들어 있는 병과 그냥 빈 병, 천 주머니, 무엇이 들었는지 알 수 없는 상자들, 오래된 신문 그리고 언제인가 할일을 했지만 앞으로 무슨 일을 할지 모를 잡동사니들만 가득했다. 여기저기 쥐똥도 수북했다. 하지만 무엇보다 감자! 겨우내 먹을 감자가 지하실에 있었다.

그 감자 껍질을 벗기려고 지하실에 내려온 거다. 우리는 빈 자루를 깔고 앉았고, 우리 위로는 전구의 노란 불빛이 흔들거리고, 할머니는 이야기를 한다. 이야기를 하며 웃었다. 나도 웃었다. 아마 할머니가 잠들기 전 침대맡에서 해 주던 동화와 비슷한 이야기였을 것이다. 밤마다 그 이야기를 들으려고, 나는 할머니가 원하는 만큼 성모송과 주기도문, 수호천사께 드리는 기도를 암송할 준비가 되어 있었다. 그런데 이 지하 지옥에서는 같은 이야기도 다르게 들렸고, 게다가 공짜였다.

할머니는 웃었다. 작업 중에 사과주를 홀짝거리며. 나도 한 입 삼키게 해 주었다. 그리고 우린 같이 웃었다. 기뻐서. 가끔 왜 그런지는 모르겠지만, 내 안의 무언가가 혼자 즐거워하며 웃게 된다. 여기, 집의 배 속에, 함께 있다는 사실에.

할머니는 노래를 불렀다. 명랑하고 밝은 노래. 그런데 듣고 있으면 이상하게 슬프고 마음이 아픈 노래. 마치 보물이나 소중히 간직한 상자 속 색유리 조각을 잃어버린 것처럼. 사랑하고, 사랑하지 않는 것에 대한 노래들. 나는 할머니와 함께 노래를 불렀다.

노래와 웃음소리를 듣고 할아버지가 지하실로 내려왔다. 그리고 눈빛 하나로 모든 걸 날려 버렸다. 늙어서 바보 같은 짓을 한다고, 거기다 애한테 술까지 먹인다고, 할머니한테 소리소리 지르며….

Joanna

아버지와 함께 지하실로 내려가면 늘 일이 오래 걸렸다. 원목 출입문은 작아서 문틀에 맞지 않았다. 형제들은 서로 전구 스위치를 누르겠다고 달려갔다. 전구가 켜지려고 지지직거릴 때, 문 위쪽 컴컴한 데를 쳐다봤다. 이 문은 미지의 세계로 가는 통로일지도 몰라. 문 안쪽은 알리바바의 동굴이나 다름없었다. 그간 잊고 지내던 것들이 거기 있었다. 상자 더미에 올려놓은 세발자전거, 우리가 걸음마를 배울 때 쓰던 보행기, 주황색 철제 옷장, 세비야에서 사 온 인형, 검은색 촛대, 옅은 노란색 의자. 우리가 처음으로 가지고 놀았던 것들…. 그러는 사이 아버지는 벌써 분류 작업을 시작했다. 우리에게 서두르라며, 두고두고 쓸 것과 버릴 것을 구분하는 요령을 알려주었다. 이미 시간이 늦은 데다 배가 고팠다. 그제야 아버지는 문을 닫았다. 나는 시커멓게 더러워진 내 손에 반해 버렸다. 안에서 만진 것들이 더 강렬하게 느껴졌다….

가끔 혼자 내려간 적도 있다. 나는 곧바로 불을 켜지 않고 최대한 어둠 속으로 들어갔다. 그리고 멈춰 서서 건물이 내는 소리를 들었다. 꾸르륵 파이프 속 물소리, 벽 너머 이웃의 목소리. 아무도 내가 여기 있는 걸 몰랐다. 발을 돌려 불을 켜고 지하실 문을 열었다. 살펴볼 시간은 충분했다. 큰형이 가져다 놓은 큰 바구니 안에는 열쇠고리와 숲속 폐가와 빈 창고에서 찾은 광물 상자가 가득했다. 잊고 지냈던, 표지에 마르코 폴로의 배가 그려진 첫 수업 공책, 내 그림, 처음 쓴 글들. 무궁무진한 즐거움이 다시 항해를 시작했다.

내가 너무 늦는 것 같으면 아버지는 동생을 내려보냈다. 나한테 무슨 비밀이라도 들킬까 봐 신경 쓰였던 걸까? 동생은 곧 불려 갔고, 계단 쪽에서 목소리가 울렸다. 난간 사이로(우리는 꼭대기 층에 살았다) 아버지 얼굴이 보였다. 그가 하는 말은 잘 들리지 않았지만 짐작으로 알 수 있었다. 지하 세계를 마지막으로 둘러보았다. 어떤 곳은 비어 있고 문은 반쯤 열려 있었다. 그곳을 감싼 불가사의한 어둠이 모든 문을 여는 귀중한 열쇠 같았다. 나는 다시 올라갔다.

Quand on est vraiment amou...

Refrain

Quand on est vraiment amoureu...
Madame on ne peut
       bis   en aime...
      en

Quand on a trouvé celle qu'o...
On en veut plus qu'une
Rien   qu'une
Pas deux
Si c'est une blonde
Aux yeux bleus
Madame on ne peut
   ici . . . . aimer les bru...
Et si c'est une brune
Qui vous a plu
Toutes les blondes o
du ~~Ha~~ monde ne
        comptent p...

Lutèce
EXTRA

CAHIER _____

ÉCOLE _____

CLASSE _____

NOM _____

모두들 웃고 있었지만 소리는 나지 않았다. 아무리 애를 써도 이빨 사이로 억눌린 휙휙 소리와 휘파람 소리, 각종 이상한 소리들이 새어 나왔다. 웃느라고 할머니들 몸이 리드미컬하게 흔들렸다. 특히 튀어나온 젖꼭지가 흔들흔들했다. 할머니와 할머니의 친구들. 양모 스웨터나 진한 색 에이프런 위로 튀어나온 커다랗고 둥근 젖꼭지들. 꽃무늬 스카프를 둘러쓴 얼굴이 새빨개지고 눈에서는 눈물이 흐르고 있었다. 눈에서라도 뭔가 나와야지, 어디서 나오겠어? 즐거움은 어디로든 분출되어야 하는 것….

옆 사람과 눈이 마주쳤다간 웃음이 터질지도 몰라. 그러니 숨을 들이마셔! 맙소사! 제발, 웃지는 마! 할머니들은 오리털을 뽑는 중이었다. 하얀 오리털이 식탁에 가득 쌓여 있는데, 루드비카 할머니가 계속 농담을 하는 것이다. 할머니의 눈이 즐겁게 빛나고 있다. 할머니는 친구들을 좋아하고 그들을 웃기는 건 더 좋아한다. 특히 절대 웃으면 안 될 때 웃기는 것이 가장 즐겁다. 바로 지금, 거대한 흰 구름 같은 깃털이 식탁에 한가득일 때. 한 번이라도 웃음을 터뜨렸다가는 부엌 전체에 깃털의 흰 눈이… 그건 누구도 바라지 않는 일이었다. 나는 원했다! 온 사방에 깃털이 춤추었으면, 할머니 눈동자에서 빛나는 작은 불꽃처럼. 단 한 번이라도.

joanna

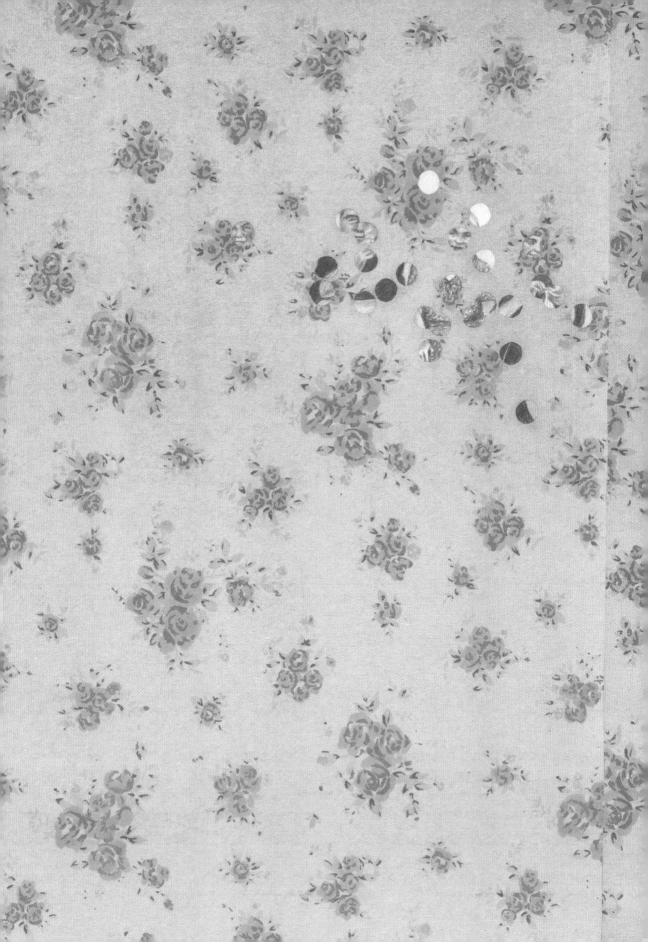

매주 일요일은 미사를 드리러 가는 날이다. 내게는 이 의식이 어떤 돌발 상황도 일어날 수 있는 한 편의 연극처럼 느껴졌다. 정해진 건 아무것도 없었다. 처음부터 정체 모를 기운이 감돌았다. 그날은 확실히 모든 게 이전과 다르게 돌아가는 것처럼 보였다. 마치 우리의 가벼운 지각이 시간을 벌려 놓은 것처럼. 처음은 꺼진 마이크 앞에서 노래를 부르는 약사 아저씨(퇴마사 같은 과장된 몸짓으로 악을 퇴치하는 대신 파리만 쫓던)로, 그는 신앙심에 고무되어 있는 게 확실했다. 이내 마이크가 켜졌고, 음정이 안 맞는 끔찍한 노래가 교회를 지옥으로 만들었다.

모든 게 하나의 사건처럼 연달아 일어났다. 오르간의 실수, 마이크의 지글거리는 소음, 신부님의 말씀이 끝나기도 전에 노래를 부르는 약사…. 이 웃기는 실수 퍼레이드에 장내에 웃음이 퍼지기 시작했다. 우리는 더 이상 참지 못하고 웃음을 터뜨렸다. 서로 마주보는 일이 고통이었다. 손으로 입을 틀어막았지만 소용없었다. 터진 웃음을 가리려고 귓속말을 하는 척도 해 봤지만 몸이 들썩거렸다. 참으려고 할수록 역효과였다. 누나는 우리를 어린이 예배당으로 데려가려고 데리고 나왔다. 꼭 수족관 안쪽이 실제보다 커 보이는 것처럼, 창문 안쪽으로 제단 주위에 서 있는 신자들의 위선이 훤히 보였다. 갑자기 다들 '삶은 엄숙하다'는 얼굴들을 하고 있었다. 나는 신부가 성배를 마실 때는 '꿀꺽', 이어서 성체를 먹을 때는 '냠냠' 소리를 냈다. 이번엔 누나가 먼저 웃었다. 미사가 끝나기 전, 위대한 광대한테 걸맞은 최후의 개그가 완성되었다. 약사가 성호를 긋다 비틀거리며 헌금 바구니를 엎은 것이다. 바닥에 흩어진 동전들이 눈물처럼 반짝였다.

rafael

할머니 할아버지 댁에서도 지루할 때가 있었다. 그러면 여기저기 어슬렁거렸다. 집, 마당, 텃밭, 돼지우리, 우사, 헛간, 닭장. 나뭇잎을 잡아 뜯기도 하고, 돌을 차기도 하고, 닭이나 오리를 쫓아다니기도 했다. 긴 막대기로 웅덩이를 쑤시거나 울타리 너머를 뚫어지게 바라보기도 했다. 아무 일도 생기지 않는다. 할머니를 졸졸 따라다니거나 할아버지를 졸졸 따라다녔다.

한번은 할아버지를 따라다녔는데, 할아버지가 말없이 헛간 선반에서 녹슬고 휜 못이 잔뜩 든 상자를 꺼냈다. 망치와 렌치를 가져와서는 못을 잡고 돌리며 반듯해질 때까지 계속 두들겼다. 그러더니 내게 공구를 건네며 말했다. "자, 여기 있으니 못을 펴 놔라."

joanna

아버지는 뭘 수리할 때 항상 나를 부르곤 했다. 다른 형제를 부르는 일은 별로 없었다. 다들 노는데 나만 불려 나가 아버지를 도왔다. 허리뼈가 부러진 적이 있어서, 아버지에게 사다리를 오르내리는 것은 고역이었다. 이때 내 역할은 아버지에게 연장을 올려 주는 일이었다. 드라이버와 집게, 망치 같은. 필요한 나사와 볼트, 못도 찾아야 했다. 내가 찾지 못하면, 아버지가 사다리에서 내려와 비키라고 한 다음 직접 찾았다. 그래도 없으면 철물점으로 나를 보냈다. 나는 실수하지 않으려고 나사를 가져갔다. 철물점 주인은 소문난 인종차별주의자였고 그에게서 원하는 걸 얻는 건 보통 일이 아니었다. 내 몸에 못이 박힐 것만 같은 반감 가득한 눈길로, 물은 적도 없고 관련도 없는 쓸데없는 질문을 잔뜩 해 댔다. 나사를 들고서 집에 돌아오자마자 아버지가 말했다. "보여 봐라! 얼마였지?" 내가 잔돈을 돌려주며 대답하면, "순 도둑이구먼! 이걸 왜 산 거야? 생각을 해 보고 산 거냐?" 나는 아무 말 하지 않았다. 어쨌든 아버지가 하던 작업은 마칠 수 있었다. 내가 자리에서 약간 떨어지면 바로, "어디 가냐? 아직 안 끝났다. 어떻게 하는지 보고 배워야지!" 하는 말이 돌아왔다. 그때 나는 형제들이 떠드는 건지 만화영화인지 모를 소리를 들었다. 아버지는 종종 못을 박고 나사를 조이는 일을 시킬 때도 있었다. 내가 직접 해 보다니! 하지만 기쁨은 오래가지 못했다. "이리 줘 봐. 이건 이렇게 하는 게 아니야, 봐!" 나는 지켜봤다. "다시!" 나는 노력했지만, 나를 보는 아버지의 시선이 느껴졌고 결국 망쳤다. 못은 휘어 버렸고, 내가 해내지 못했다는 증거가 되었다. "비켜 봐!" 인생의 패배자가 된 것 같았다. 운석이 내게로 떨어진 것처럼, 굴욕감을 정통으로 맞은 기분이었다. 나는 바닥에 연장을 내려놓고 최악을 기다렸다. 어머니는 아버지를 진정시키고 내게 말했다. "모두 너희를 위해 하는 일인데 말을 안 듣는구나. 아버지 같은 사람이 어디 있니?" "너희는 얼마나 운이 좋은지도 모르고 있어!" 나는 아무 말도 안 했지만 분했다. 왜 '너희'라고 하는 거지? 나밖에 없었는데. 형제들이 힐끗거리며 다가오자, 어머니는 나가 놀라고 했다. "여긴 지저분하니 나가렴." 작업이 끝난 뒤, 사다리를 제자리에 가져다 두고 연장 정리와 청소를 도왔다. 그러고서야 내 방으로 들어갔다. 잠시 후, 아버지가 하는 말이 들렸다. "아, 그래! 이게 낫군." 옆에서 어머니가 맞장구치는 소리도 들렸다. 다시 아버지가 나를 불렀다. "이리 와 보렴! 봐! 이게 낫지?" "네…." 나는 소심하게 대답했다. "아니야?" 나는 아무 대답도 하지 않았다. 하지만 아버지가 옳았다. 나무랄 데 없는 수리였다. 나는 다시 방으로 돌아갔고, 문밖으로 아버지의 신음 소리가 들렸다. 그는 온몸이 아팠다. 나는 아버지가 참고 있었다는 걸 깨달았다. 어떤 기억은 내가 끝내 박지 못한 못처럼 껄끄럽다. 그러나 대신 할 다른 기억이 없는 것이다.

rafael

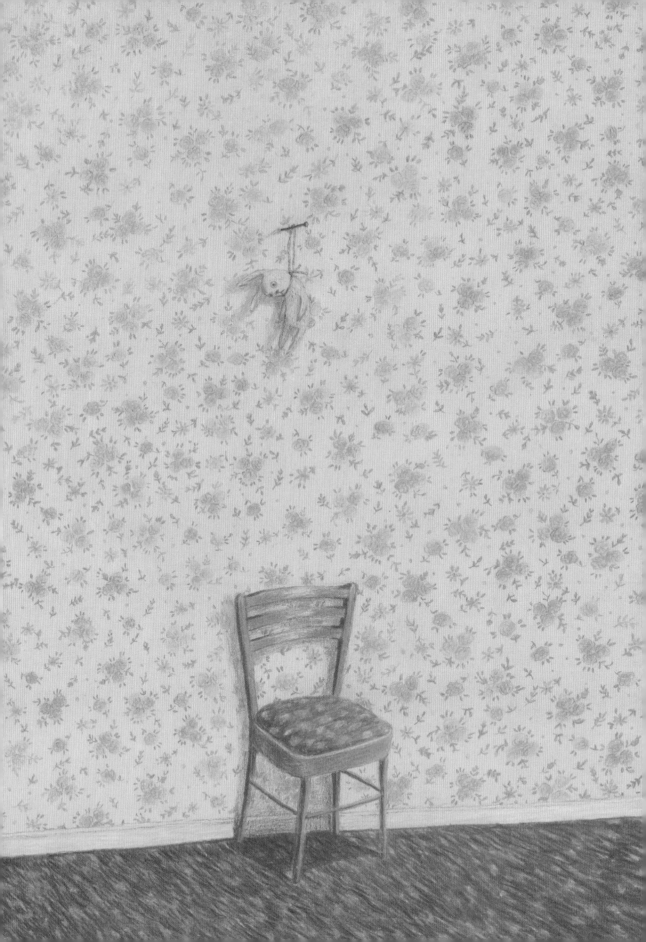

내 키는 작은 창에 겨우 닿을 정도였다. 키오스크 아줌마는 키오스크 궁전의 어둠에 묻혀 있다가 약간 몸을 굽히고 내뱉듯 묻는다. "뭘 사려고?"

"안녕하세요. 포풀라르네랑 클루보베 담배 두 갑씩 주세요." 하고 내가 말한다.

키오스크 아줌마는 담배를 누가 피우냐는 둥 몇 살이냐는 둥 따위의 질문은 하지 않는다. 이렇게 작고 금발 머리에 물망초 같은 눈을 가진, 천사 같은 여자아이는 담배를 피울 리 없다고 생각했을까. 아니면 부모님 심부름이겠거니 했을까. 이러나저러나 상관없었을까.

내가 꼬깃꼬깃 뭉쳐 놓은 피아스트 왕조◆ 왕들의 얼굴이 그려진 지폐를 아줌마 손바닥에 놓으면, 키오스크 아줌마는 담배와 거스름돈을 주었다. 담배는 매일 네 갑씩이었다.

◆ 폴란드의 첫 번째 왕조로 약 4세기 동안 폴란드를 통치했다.

하지만 키오스크를 이렇게 떠날 수는 없다. 철창 안 유리 속에서 깜빡이는 이 알리바바의 동굴을 백 번쯤 보지 않고는, 모든 보물을 다 보지 않고는 떠날 수 없다. 이곳에는 영혼과 눈이 갈망하는 모든 게 다 있었다. 껌, 샴푸, 희한한 병에 든 싸구려 향수, '화' 비누, 면도솔, 면도날, 성냥, 신문, 《여자친구》《젊은 농부》《귀뚜라미》 같은 잡지, 십자말풀이 잡지, 머리핀, 고무줄, 헤어롤, 빗, 손수건, 화장지, 생리대, 화장솜, 재떨이, 콘돔, '익시'와 '치피섹' 같은 세제, 섬유 유연제, 주방 세제 '루드빅', 어린이용 장난감, 줄넘기 줄, 매직, 연필, 볼펜, 풀, 테이프, 밴드, 두통약, 살리실산 알코올, 과산화수소, 천 염료, 연필깎이, 색연필, 가위, 카드, 공책, 칫솔, 스펀지, 구두약, 양말, 부석, 공책의 비닐 커버, 스케치북, 고무찰흙, 상자에 든 물감들, 빗자루, 초, 속옷용 고무줄, 빨래집게, 비치난키◆, 종이… 그 밖에도 키오스크의 어둠 속이나 내 기억 속에서 꺼낼 수 없는 멋진 것들이 잔뜩 있었다.

나는 이 모든 걸 탐욕스럽게 눈으로 집어삼켰다. 여러 번 키오스크 둘레를 돌면서 아무것도 빠뜨린 게 없는지, 볼 것을 다 본 건지 확인하고 싶었다. 나를 괴롭히는 건 단 하나였는데, 그건 아줌마가 아무도 못 보는 창구 안쪽 선반 아래쪽에 최고의 보물들을 따로 숨겨 놓았을 거라는 생각이었다. 나는 키오스크 아줌마를 좋아하지 않았다.

키오스크를 빙글빙글 돌며 구경하는 데는 상당히 오랜 시간이 걸렸다. 집에 가는 길 내내 충분히 색색의 꿈을 만들어낼 수 있을 만큼. 최소한 마당 대문 앞까지라도. 그 후로는 사라지는 꿈이었다.

나는 꽃무늬 식탁보를 두른 부엌 식탁에 담배와 거스름돈을 내려놓는다. 이미 오래되어 빛바랜 식탁보의 꽃들이 다 안다는 듯 내게 윙크한다.

joanna

◆ 색색의 종이를 오려 패턴을 만드는 폴란드의 전통 공예품. 창문이나 벽에 걸어 장식으로 사용한다.

아버지가 티브이 편성 잡지를 못 사 둔 주에는, 금요일 저녁에 담배 가게에 가서 잡지를 사 오라고 시켰다. 가는 길에 담배 심부름도 했다. 아버지는 담배 없이 주말을 버티지 못해서, 담배가 떨어지면 나는 무조건 가서 사 와야 했다. 어떤 담배인지 모를 때는 가게 아주머니가 담배 라벨을 보여 줬다. "너희 아버지가 피우는 거하고 비슷해 보이는 걸 골라 봐."

가져간 담배가 아니면, 다시 되돌아가야 했다. 다시 줄을 섰다. 이런저런 잡지를 구경할 수 있는 길고 긴 줄. 잡지 가판대는 꼭 사진전 같았다. 표지에 담긴 얼굴, 표정, 하얀 이가 드러나는 미소, 때로는 상대의 의중을 살피는 듯한 시선들. 사진에 담긴 스포츠카 역시 현실에서는 본 적이 없었다. 저런 게 존재한다고? 어디에? 줄은 여전히 길었고, 나는 딱히 할 것도 없었다. 앞사람들이 서 있는 모양새, 조바심, 웃음기 없이 진지한 얼굴들, 생기 없는 눈빛을 보았다. 꼭 죽은 사람들 사이에 있는 기분이었다. 줄이 점점 줄어들고, 계산대가 가까워졌다. 내 차례가 오고 있었다. 그때 야한 잡지 코너가 눈에 들어왔다. 나른한 표정으로 벌거벗은 예쁜 여자들. 그 진열대에서 가장 값비싼 잡지들로, 훔쳐가지 못하게끔 계산대 옆에 두고 있었다. 계산대에는 감시탑의 보초병처럼 보이는 나이 든 아주머니가 있었다. 나는 그녀에게 아버지가 일러 준 담배 상표를 말하고, 손에 든 담배 두 갑을 내밀었다. 아주머니는 담배를 다시 받으면서, 잔돈은 돌려줄 수 없고 대신 원하는 걸로 바꿔 가라고 했다. 사탕이나 껌 같은 걸 권했지만, 네 생각만 하냐는 비난과 잔소리가 듣기 싫어서 큰 성냥갑을 골랐다.

아버지에게 담배를 가져다주고 오늘 일에 대해 자세히 말했다. 엄마가 그때 처음으로(아마도 유일하게) 말했다. "네 것도 좀 사지 그랬어." 엄마의 말에 울컥했지만 티를 내지는 않았다. 두려움 때문에 잃었던 자유의 기쁨을 갑자기 알아 버린 기분이었다. 아버지가 성냥이 쓸 만하다고 말해 주었다. 그때 내가 본 인자한 얼굴과 눈빛을 기억한다. 아버지는 내가 자랑스러운 눈치였고, 내 판단을 인정해 주었다. 말로 설명할 수 없는 새로운 느낌이었다. 마치 성냥불을 켠 듯 어둠 속에서 불꽃이 일었다. 나의 영혼은 다시 깨어났다.

Rafael

여름엔 야외에서 살았다. 들판에서, 정원에서, 마당에서, 호숫가에서, 숲에서. 집에서는 먹고 자기만 했다.

햇볕. 그렇게나 많은 햇볕. 우리는 눈이 시려 깜박거렸고 피부는 갈색으로 그을었다. 어디론가 마구 뛰어가거나 호숫가 모래사장에 등을 대고 눕거나 호수 물에 엉덩이를 담그기도 했다. 그리고 웃고 또 웃었다.

따뜻한 날씨, 햇빛, 물, 밤비노 아이스크림과 흐워드닉*, 산딸기와 딜을 뿌린 햇감자, 달콤한 오렌지 맛 음료수와 해변에서 먹는 소시지 빵.
사워 밀크의 맛과 건초 냄새, 폭풍우를 몰고 오는 바람, 황금빛 들판에 핀 수레국화의 푸른빛, 햇빛 아래 반짝이는 나뭇잎의 기억 사이로 할아버지의 등을 씻는 할머니의 모습이 문득 떠올랐다. 오래전에 받아 두었다가 지금에서야 열어 본 선물 같은 기억.

할머니는 커다란 대야에 물을 받고 할아버지는 등받이가 없는 의자에 앉았다. 바지만 입고 윗도리는 벗은 채로. 할아버지는 대야 위로 몸을 굽히고 할머니는 스펀지에 비누 거품을 내어 할아버지의 등을 씻었다. 그냥. 씻어 주었다.

들판의 먼지가 더러운 물줄기가 되어 대야 위로 떨어져 내렸다. 등, 어깨와 목, 팔, 겨드랑이. 할머니와 할아버지는 아무 말도 하지 않았다. 그냥 같이 있을 뿐이었다.

북쪽으로 창이 난 부엌의 어둠 속에서 시간이 멈추었다. 소리는 침묵하고 공기는 움직이지 않았다. 들판의 먼지가 섞인 물줄기만이 빛났다. 그 안에서 할머니는 할아버지의 등에 대고 비밀을 속삭이고 있었다. 물방울, 여름빛으로 기운 조각. 꿈에서처럼, 좋은. 평화로운 꿈에서처럼.

끝으로 할머니는 할아버지의 젖은 등에 수건을 얹었다. 말처럼 콧김을 내뿜던 할아버지는 세수를 하고 수건의 하얀빛에 얼굴을 파묻었다.

대야를 치우고 시간은 다시 흐르기 시작했다. 그러나 시간은 빛의 마지막 조각이 구르고 바래지다 마침내 부엌 마루 틈으로 사라질 때까지 조금 늘어졌다.

joanna

아버지는 일하다가 난 사고로 허리뼈가 부러진 적이 있다. 그 뒤로는 우리를 들어 올릴 수도, 우리가 안길 수도 없었다. 딱 한 번, 아버지가 등을 만져 보는 걸 허락했다. 나는 조심조심 손끝으로 가볍게 만져 보곤 그 부드러운 살결에 깜짝 놀랐다. 이따금 저녁에 우리를 무릎에 앉히기도 했지만 오래는 무리였다. 아버지는 매우 고통스러워했다. 우리를 기쁘게 하려고 조금 더 놀아 주기도 했는데, 보통 그 혜택은 남동생에게 돌아갔다. 나 역시 더 놀고 싶었지만 고집을 부리지는 않았다. 아버지를 아프게 하고 싶지 않았다.

아버지를 마주한 자세로 무릎에 올라앉으면, 아버지는 우리 손을 잡고 다리를 위아래로 흔들며 말 흉내를 내기 시작했다. 처음엔 느리게 따각, 따각, 따각. 그러다가 따가닥, 따가닥, 따가닥, 속도를 높였다. 우리는 다가올 최고의 순간을 기다렸다. 따다다다다다닥… 속도가 빠른 데다 웃어 대는 통에 우리는 균형을 잃고 바닥에 넘어졌다. 그때의 행복감이란. 그러나 그 뒤의 고통은 보이지 않는 칼이 되어 아버지의 등을 찔렀다. 나는 그 고통을 조금이라도 줄여 주고 싶었다. 사람들이 아버지에게 앉기를 권하면, 서 있는 편이 낫다며 사양했다. 앉았다가 일어나려면 엄청난 고통을 참아야 했다. 민망한 상황도 있었다. 함께 걸을 때는 인내심을 요했고, 여러 번 멈춰 서야 했기 때문이다.

아버지는 그동안 살아온 이야기를 들려주었다. 어린 시절, 베티라는 이름의 똑똑한 암컷 셰퍼드를 키우던 이야기. 아버지가 본 내전. 기계가 돌아가는 원리와 노래도 아버지에게 배웠다. 이런 것들이 학교에서 배우는 것보다 훨씬 재미있었다. 아버지는 혹여 삶이 지독하게 가혹하더라도 절대로 외면하지 않는 법을 아버지의 방식으로 가르쳐 주었다. 꼭 몇 마디 말이 고통을 덜어 주기라도 하듯. 그는 그 자신도 모르는 사이에 나를 시(詩)의 길로 들어서게 하고 있었다.

rafael

◆ 삶은 비트를 갈아 크림과 함께 차갑게 먹는 폴란드의 여름 수프.

CHŁOPIEC RZUCA KAMYK W WODĘ

카친스카 할머니는 아이처럼 작았다. 노년은 할머니를 줄이고 바싹 말려 버렸다. 까맣고 주름이 자글자글한 얼굴은 시든 사과 같았다. 눈은 기억나지 않는다. 내가 기억하는 건 긴 치마를 입고 머리에 꽃무늬 스카프를 둘러쓴 검은 형체일 뿐. 가끔은 줄무늬 앞치마를 허리에 두르고 있기도 했다. 나를 카친스카 할머니에게 데려간 건 마우고시아 이모였다. 이모는 할머니 딸들 중 하나와 친구였다. 아마 우리 할머니가 시켜서 억지로 데려간 것 같지만… 중요하지 않다. 나는 행복했으니까.

카친스카 할머니의 낮은 집에서는 키가 큰 것 같은 기분이 들었다. 나는 대여섯 살 정도였는데 천장이 그리 멀지 않았다. 내 목소리도 더 커진 것 같았다.

그해 가을, 검은 성모마리아 성화◆가 마을의 모든 집을 돌 때, 나는 이웃들과 함께 카친스카 할머니 가족이 성모님을 맞이하는 가장 크고 가장 좋은 방에서 영원한 구원을 노래했다. 구원의 보장을 빌 때는 더 크게 노래를 불렀다….

―――――――――

◆ 폴란드 쳉스토호바 지역의 야스나 구라 수도원에 있는 이콘화. 17세기 스웨덴의 공격으로부터 폴란드를 지켜 냈다는 전설이 있어 기적의 성화로 불린다.

또 이모를 졸졸 따라간 다른 날엔 결혼식 준비가 한창이었다. 카친스카 할머니 딸 중 하나가 결혼하는 날이었다. 케이크를 굽는 즐거운 소동, 닭 털을 뽑고 내장을 빼내고, 오븐에 고기를 굽고 비고스◆를 끓이고, 고웜키◆와 즈라지,◆ 로수.◆

부엌 타일 위에는 부글부글 끓는 냄비가 있고, 카친스카 할머니는 그 옆 등받이 없는 의자에 앉아서 체리 씨를 빼고 있었다. 케이크에 올릴 체리였겠지. 카친스카 할머니는 너무 작아서… 거의 나만 했다.

늦은 봄날 토요일 오후였다. 나는 우리 할머니의 큰방에 앉아서 창밖을 내다보고 있었다. 그물망 커튼 안쪽으로 들어가서 창가에 놓인 화분들 사이로 얼굴을 내밀고. 나는 아빠를 기다리고 있었다. 오후 버스를 타고 아빠가 오기로 했던 것이다. 아빠 대신 나타난 건 카친스카 할머니였다. 울타리를 따라 놓인 보행로로 걸어오고 있었다. 천천히. 정원에 핀 꽃들을 보려고 잠시 걸음을 멈춘다. 작약이 정말 아름다웠다. 다시 걷는다. 나는 카친스카 할머니가 조금씩, 지팡이로 걸음을 지탱하며 다가오는 것을 본다.

갑자기 무슨 소리가 들렸다. 그러더니 집 옆 들판 길에서, 통제 불능으로 잔뜩 겁먹은 말이 끄는 마차와 공포에 질려 어쩔 줄 모르는 마부가 나타났다. 마차가 카친스카 할머니를 덮치고 할머니는 작은 헝겊 인형처럼 풀썩 쓰러졌다. 카친스카 할머니는 그 자리에서 즉사했다.

Joanna

◆ 비고스　　　발효시킨 양배추 절임과 각종 고기를 넣어 오랫동안 끓여 만드는 폴란드의 전통 음식.
◆ 고웜키　　　고기와 귀리를 양배추 잎으로 말아서 끓여 먹는 폴란드의 양배추 쌈.
◆ 즈라지　　　얇게 편 소고기로 야채를 감싸서 굽는 폴란드의 명절 음식.
◆ 로수　　　　야채와 닭 한 마리를 통째로 넣고 끓이는 폴란드 전통의 맑은 수프.

가끔 일요일에는 티오 페페 삼촌네 가족과 어머니의 형제들, 사촌들과 함께 산에서 하루를 보냈다. 가족 친구 중 누군가가 우리 또래 여자애를 데리고 올 때도 있었고, 그러면 우리는 다른 차에 타기도 했다. 이동하는 동안은 꼭 그 가족의 일원이 된 것처럼.

우리는 각자 먹을 걸 싸 와서 나눠 먹었다. 보통 어머니가 만든 음식이 가장 인기였고, 엄청 빠른 속도로 없어지기 때문에 늦지 않게 덜어 먹어야 했다. 식사를 마치면, 무리 중 어른들은 담배를 피우며 커피나 술을 마셨고, 어린 우리들은 자유 시간을 즐겼다. 누나와 여자 사촌들은 타월 위에 누워 일광욕을 했고 그들만의 대화를 나눴다. 나를 포함해서 남자애들은 산책을 나갔다. 하지만 덥다는 핑계로, 사촌 형은 금방 되돌아갔다. 강가를 따라 다리 있는 데까지 걸어간 뒤에는 누구도 더 가려고 하지 않았다. 나는 철조망을 비집고 햇볕이 이글거리는 들판으로 혼자 걸어갔다. 내리쬐는 태양, 강물, 황금빛 풀들 사이에 서 있는 검은 황소들, 피부에 닿는 열기, 바람, 큰 바위, 푸른 하늘, 멀리 보이는 소나무 군락과 그들을 가린 그림자, 곳곳의 정적.

집에 도착하니 이미 밤이었다. 나는 별을 보려고 테라스로 나갔다. 어둠 속에서, 우리가 올랐던 산의 형체가 떠올랐고 자유롭게 움직이던 검은 황소들이 생각났다.

한번은 티오 페페 삼촌이 오후 다섯 시에 투우 경기가 있다고 알려 주러 왔다. 꼭 로르카의 시◆처럼. 색소폰만 들고 들어가서 삼촌이 속한 시립 관악대 옆에 있으면 된다. 나로선 시에스타◆를 건너뛰고 진짜 죽음을 볼 수 있는 기회였다.

모두가 잠든 시간에 일어나 옷을 입고 푹푹 찌는 밖으로 나왔다. 삼촌은 커피를 마시고 있었고 나는 문 앞에서 그를 기다렸다. 삼촌의 연주복은 아주 우아해 보였다. 이때의 삼촌 표정을 잊을 수 없다. 다른 친척들이 가지 않겠다고 해서 결국 나는 삼촌과 단둘이 가게 되었고, 우리는 그늘을 골라 밟으며 경기장 쪽으로 올라갔다. 경기장 입구에서 삼촌이 내게 색소폰 가방을 건넸고, 별 문제없이 무사통과했다. 나는 삼촌 옆에 앉아서 부푼 마음으로 기다렸다. 관악대의 연주를 신호로, 드디어 경기가 시작되었다.

그곳에는 용맹스러운 검은 황소와 그를 찌르기 위해 목숨을 내놓은 한 남자가 있었다. 반짝이는 털에 묻은 피, 혀를 널름거리는 황소, 응시하는 눈… 고통의 칼날이 내 영혼을 후비는 것 같았다. 노새들한테 질질 끌려 나가는 사체를 보면서 내 안의 자유, 기쁨, 순수함이 처참히 무너져 내렸다.

돌아가는 길에, 견디기 힘든 마음의 무게만큼이나 깊은 허무함이 몰려들었다. 이 경사진 길목까지 죽음이 나를 뒤따라와서 괴롭히는 것 같았다. 집에 도착했다. 꼭 나쁜 꿈을 꾼 것 같았지만 아니었다. 나는 분명히 그곳에 있었다. 현실은 내 마음을 헤집고 나는 아무 말도 할 수 없었다. 오후 다섯 시. 내 마음속에 어두운 침묵이 내려앉았고, 잔잔한 물에 조약돌이 던져졌다.

수영복으로 갈아입고 우리는 강으로 갔다. 나는 강바닥까지 더 깊이 들어가서야 겨우 울 수 있었다.

rafael

◆ 로르카의 시　절친한 친구이자 투우사였던 이그나시오 산체스 메히아스가 쇠뿔에 받혀 죽은 것을 애도하며 쓴 페데리코 가르시아 로르카의 시 〈오후 다섯 시에 A las cinco de la tarde〉.
◆ 시에스타　스페인이나 프랑스 남부 등지에서 이른 오후에 낮잠을 자는 시간.

EL PEQUEÑO TEATRO DE LA MUERTE

새벽 네 시. 나는 꽁꽁 얼어붙은 길을 바람처럼 달렸다. 겨울밤의 딱딱한 공기 속에서 아스팔트에 부딪치는 신발 소리가 길 양편으로 가지를 넓게 뻗은 참나무 아래의 공기를 꽉 채웠다. 아니면 너도밤나무였을까….

집에서 가게까지는 500 내지 600미터쯤 되었다. 귀에서 쿵쿵거리는 소리가 나고 심장은 미친 듯이 두근거린다. 처음으로 식료품 가게에 줄을 서러 가는 것이다. 엄마가 허락하셨다! 하지만 걸어갈 수는 없다. 뛰어야만 했다. 엄마! 어쩜 내가 일등일 수도 있어!

사람들은 보통 가게 앞 보일러실에서 기다렸다. 내가 맨 처음 도착한 건 아니었다. 이미 시골 여자들 몇이 몸을 녹이고 뜨개질을 하며 여기저기 앉아 있었다. "맨 뒷사람이 누구예요? 그럼 제가 그 뒤에 서는 걸로…."

나는 열 살이었고 이미 다 컸다. 줄도 선 것이다! 사실은 앉아 있었지만. 가끔 불 피우는 사람이 들어와서 보일러에 연료를 넣었다. 여자들은 떠들고 나는 그들의 입을 통해 인생의 모든 의미를 배웠다. 여자들의 가슴은 거대했고 서로 거리낌 없이 가슴을 만지곤 했다. 브래지어 안쪽에서 가슴을 정돈하기도 했다. 블라우스 안으로 손을 넣어서 휙 위로, 가슴이 잘 모이도록. 커다란 가슴 위에는 뜨갯감이 놓여 있기도 했다.

나는 보일러실의 온기 속에서, 아줌마들 틈에 껴서 약간 졸았다. 무슨 얘기들을 했는지는 기억나지 않는다. 분명히 거기 없는 다른 여자들의 뒷담화를 하고, 시골의 사건 사고에 양념을 치며 새로운 이야기를 더하고, 비밀에 부친 일을 서로 짐작해 보고. "그러니까 누가 누구랑…" "아니, 그거 아세요?" 같은 말을 주고받는 보통 여자들. 어리석고 질투심이 강하고 겨드랑이 냄새가 나고 이는 누렇고 악의적인 수다를 떠는 교활한 여자들. 하지만 이들은 얼마나 강한가! 강하고, 자기 생각을 얼마나 철석같이 믿고 있는가. 남자는 들일을 나가고 여자는 집에서 요리를 하고 아이를 낳아야 한다. 혀가 있는 건 서로서로 이야기를 하기 위해서고 뒷담화는 진짜 사실이므로 죄짓는 게 아니다. 강하고, 거대한 가슴을 가진 여자들!

나는 내가 그 안에서 얼마나 안전하고 편안하고 좋았는지 기억하고 있다. 아줌마들의 따뜻한 몸과 숨결에 내 몸을 녹였다. 아줌마들은 다 내 차지였다. 넓고 활짝 피어 있으며 자기 자리에 있는 사람들. 그들의 무언가가 나를 요람처럼 흔드는 것 같았다. 참을 수 없는 아줌마들! 하지만 그들은 얼마나 매력적인가!

아홉 시쯤 되자, 엄마가 나와 교대하러 왔다.

joanna

연못가에 가면, 근처 바위에 앉아 있는 알제리 노인이 자주 보였다. 그의 피부색처럼 주황빛이 도는 부식된 바위. 그는 언제나 회색 양복을 입고 다리를 꼰 채로 꼿꼿이 앉아 있었다. 지나온 인생이 아로새겨진 매력적인 얼굴 주름이 햇살에 그대로 드러났다. 그에게선 깊은 평온과 온화함이 느껴졌다. 그를 보면 안심이 되었다. 그 역시 우리를 예뻐했다. 그의 손을 잡으면, 내 존재감이 느껴졌다. 내가 그곳에 있고 사람들도 내가 있음을 안다.

아버지가 그와 이야기하면, 우리는 아무 말 없이 듣기만 했다. 종종 대화가 길어졌다. 서로가 적절한 표현을 찾으려 애쓰며 대화를 이어 갔지만, 잘 되지 않았다. 마음속을 말로 완벽하게 전하는 건 무리였다. 바다가 육지를 둘로 갈라놓는 것처럼, 무언가가 둘을 떼어 놓았다.

만남의 기쁨 대신 조금씩 지루함이 자리하기 시작했다. 나는 그곳에 없는 사람이었다. 그렇게 줄곧 사람들의 걸음걸이, 얼굴 표정, 오고가는 모습을 지켜보고 있다가 문득, 아버지가 그 알제리 노인과 이야기를 시작하고서 한참이 지난 걸 깨달았다. 오래 서 있어서 다리도 아팠지만, 아버지는 바지가 더러워질까 봐 우리가 앉는 걸 꺼렸고, 그렇다고 멀리 떨어지는 것도 원치 않았다. 저 멀리 아버지와 아는 사이인 한 남자가 눈에 띄었다. 그는 아직 우리를 보지 못한 모양이었다. 나는 아버지 역시 알아채지 못하기를 바랐다.

나는 아직 대화가 한창인지, 거의 끝나 가는지 살피기 위해 두 사람에게 다가갔다. 그들의 목소리 톤과 말의 리듬으로 미루어, 대화가 곧 끝날 것 같은지 천천히 지켜보았다. 두 사람 역시 고단할 것이었다. 나는 서로 거리를 벌리고 미세한 틈새를 만드는 몸짓에서 두 사람의 지친 기색을 보았다. 그럼에도 실제로 대화를 더 원하는지 아닌지, 그들의 눈빛으로는 알 수 없었다. 이제 끝났다고 생각되는, 모든 게 확실해 보이는 순간, 이야기는 한층 더 활기를 띠었다. 절망적이었다. 나는 또 시야에서 사라지기 시작했다. 그곳에 존재하지 않는 사람처럼. 그때 아버지가 나를 불렀다. 둘은 벌써 작별 인사를 하고 있었다. 나는 아버지 옆으로 갔다. 알제리 노인은 처음 같은 상냥함으로 내 손을 잡아 주었다. 다시, 바람처럼 자유롭고 가벼운 기분이 들었다.

Rafael

글·그림 요안나 콘세이요· 그림책 작가. 폴란드에서 태어나 지금은 프랑스에 살고 있다. 『잃어버린 영혼』으로 2018 볼로냐 라가치 픽션을 수상, 작품으로 『빨간 모자』 『과자가게의 왕자님』 『바다에서 M』 등이 있다.

글 라파엘 콘세이요 시인. 프랑스에서 태어나 자랐다. 아내의 어린 시절 수첩을 보고 아이디어를 떠올려 이 책을 기획했다. 시집 『투명함 Transparences』 『먼 얼굴들 Les visages du lointain』을 출간했다.

옮김 이지원 폴란드어 번역가이자 그림책 연구자. 이 책에서는 폴란드어로 쓰인 요안나의 글을 우리말로 옮겼다. 옮긴 책으로 『잃어버린 영혼』 『아름다운 딱따구리를 보았습니다』 등이 있다.

옮김 최진희 프랑스에서 미술을 전공하고 일러스트 전문 큐레이터로 활동하고 있다. 이 책에서는 프랑스어로 쓰인 라파엘의 글을 우리말로 옮겼다.

아무에게도 말하지 마

2020년 10월 16일 1판 1쇄

글 : 요안나 콘세이요, 라파엘 콘세이요 | 그림 : 요안나 콘세이요 | 옮김 : 이지원, 최진희 | 편집 : 김진, 백승윤, 김재아 | 디자인 : 진예리 | 펴낸이 : 강맑실 | 펴낸곳 : ㈜사계절출판사 | 등록 : 제406-2003-034호 | 주소 : (우)10881 경기도 파주시 회동길 252 | 전화 : 031)955-8588,8558 | 홈페이지 : www.sakyejul.net | 전자우편 : picturebook@sakyejul.com | 인스타그램 : sakyejul_picturebook | ISBN 979-11-6094-686-4 03860 | CIP 2020039468

drogi